LA TOILE D'ARAIGNÉE

de
Jean-Philippe Agnese

ROMAN

ISBN n° 978-2-9555687-1-2

1.

Un pub assez vaste, fortement enfumé, plein à craquer. La clientèle, de 20 à 60 ans, est composée en grande majorité d'hommes, costumes sombres et cheveux courts. Les quelques femmes portent des tenues à la fois apprêtées et un peu masculines. Les traits sont fatigués mais l'entrain certain. A l'opposé de l'entrée, une scène sur laquelle se déchaînent cinq musiciens, dont une femme à la basse, d'âges divers, délivrant un rock énergique. Dans la salle, l'ambiance est à son comble.

Derrière la batterie, Gabriel Ciello marque le rythme avec précision. Il a la petite trentaine, un physique plutôt sec et un visage émacié au regard intense. Son torse nu révèle l'impressionnant tatouage qui couvre ses deux bras. Fatigué mais concentré, il emporte le final du morceau avec une énergie féroce.

La salle se lève, applaudit, siffle : exténués mais souriants, les musiciens se regroupent lentement sur le devant de la scène et saluent, adressant quelques signes à certaines connaissances.

Gabriel descend de scène, récupère un t-shirt posé sur le dossier d'une chaise et se le passe rapidement sur ses cheveux humides avant de le mettre. Il serre quelques mains qui se tendent vers lui et rejoint quelques amis attablés devant nombre de bouteilles de bière et verres divers. Il s'assoit, échange quelques mots, saisit une bouteille qu'on lui tend : l'ambiance est très détendue.

Pendant quelques instants, Gabriel laisse errer son regard sur l'ensemble de la salle avec une attention soutenue : il semble en retrait, profondément isolé du reste des convives. Il reprend ses esprits, sourit à la tablée, se lève calmement et enfile un blouson duquel il sort son portefeuille. Un ami arrête son geste, lui indique qu'il payera, un autre lui demande de se rasseoir. Gabriel rétorque qu'il se lève tôt le lendemain.

Il remonte la salle en serrant quelques mains et embrassant quelques joues, salue le barman, à qui il indique en souriant la pancarte d'interdiction de fumer, et sort.

La porte se referme derrière lui. Il prend quelques instants pour s'habituer à la température, respire, regarde calmement devant lui le parterre de voitures et 'des quelques utilitaires. Pour chacun, le pare-soleil passager est baissé, laissant voir la mention : POLICE. Il s'allume une cigarette, sourit, et regarde les alentours : un large terre-plein en guise de parking, le long d'une route nationale, en grande banlieue. Au-dessus de lui, des néons clignotent sans interruption sur la façade du club. De l'autre côté de la route, à intervalles réguliers, des lampadaires éclairent l'endroit de leur halo orange.

Il rejoint sa voiture, démarre, et s'éloigne tranquillement.

2.

C'est le petit matin. A travers le pare-brise de sa vieille Volvo break, Gabriel scrute devant lui : une rue déserte dans un quartier industriel, pavée, bordée de hauts murs, affublée de panneaux divers. Il a les traits tirés, de profonds cernes sous les yeux. Son gilet pare-balles gêne un peu ses mouvements. Il porte un gobelet à ses lèvres, le repose sur le thermos, regarde l'heure, tapote sur le volant. La radio grésille.

- Bon, c'est maintenant, le Colombien vient d'arriver. C'est à nous, tout le monde en place.

Gabriel respire profondément, vérifie rapidement son arme, la présence de chargeurs supplémentaires dans ses poches, la visibilité de son brassard, puis il sort de la voiture.

Il traverse rapidement la route, pour rejoindre un groupe armé, posté de l'autre côté d'un parking industriel, à quelques dizaines de mètres de l'entrée d'un hangar.

Son supérieur, le capitaine Roussillon s'approche de lui et le salue d'un geste amical.

- Et ben lieutenant ! Ça va ? Vous avez l'air crevé !?

- Ça va très bien, monsieur. Juste hâte qu'on s'fasse cet enfoiré.

- On y va, on y va … Tout le monde est prêt ?

Et chaque membre du groupe d'intervention d'acquiescer.

- Alors, c'est parti !

Armes aux poings, bélier en première ligne, les hommes se déplacent en silence, attentifs à tout ce qui les entoure. Ils passent la porte du hangar, puis traversent une cour bordée d'entrepôts. Le groupe de tête prend alors position au niveau d'une porte tandis que le reste des hommes, dont Gabriel, prend place de part et d'autre d'un accès bâché.

A l'instant même où le premier groupe pulvérise la porte et entre en force, le second pénètre par l'arrière, coupant la route à tout fuyard : Gabriel et ses collègues pénètrent en hurlant dans l'entrepôt, vaste et envahi de cartons de toutes tailles, bloquant la fuite de plusieurs hommes, qui les prennent aussitôt pour cibles.

Une courte fusillade s'ensuit.

Pris entre deux feux, les malfaiteurs capitulent vite, répétant sans cesse les mêmes mots dans un français plus qu'approximatif, aggravant le brouhaha des ordres hurlés à leur encontre, leurs armes relevées en signe de reddition.

Sous pression, les policiers hurlent de plus belle, intimant aux hommes de lâcher leurs armes. Gabriel, légèrement en retrait, montre des signes intenses de nervosité. Personne ne quitte la protection des cartons.

Alors que l'un des hommes, visiblement un chef, se retourne vers les autres en gueulant un ordre dans sa langue, Gabriel surgit brusquement de sa cache, brandissant son arme devant lui. L'homme crie de nouveau en le voyant: avant que ses collègues n'aient pu intervenir, Gabriel presse la gâchette de son arme à plusieurs reprises. La seule balle à faire mouche touche l'homme à la jambe : il s'écroule. Paniqués, la plupart des malfaiteurs jettent aussitôt leurs armes en criant de plus belle, tandis que Gabriel, acharné, continue d'avancer vers eux, pointant son arme sur ceux qui sont encore armés, sous les regards médusés de ses collègues. Alors qu'il force l'un d'entre eux à se coucher face au sol, il se trouve brutalement écarté par les policiers qui l'ont rejoint, puis désarmé, tandis que l'on menotte les hommes à terre.

Poussé sur le côté, Gabriel s'applique à retrouver un certain calme alors qu'il observe le ballet de l'arrestation, fuyant les regards désapprobateurs des collègues qui passent près de lui. Il semble totalement perdu en lui-même, à bout de force.

Il quitte les lieux, une cigarette au coin des lèvres, croisant en chemin les véhicules de police et autres agents qui entrent et sortent de l'entrepôt, envahissent la cour. Il prend un peu le large, se tient à l'écart de l'agitation, adossé à une voiture. Il observe ce qui se passe avec une attention soutenue. Au sein de plusieurs petits groupes de policiers, les regards insistants dans sa direction indiquent que l'on parle de lui. Il s'abstient d'y répondre.

Le capitaine Roussillon le rejoint, s'arrête devant lui et le dévisage un court instant, calmement, s'appliquant à lire à travers son regard fatigué. Gabriel lui offre une cigarette qu'il accepte avant de s'adosser à son tour à la voiture. Côte à côte, silencieux, ils observent le va-et-vient des agents qui transfèrent les cartons vers des camions.

3.

Un quartier résidentiel, en banlieue, une fin d'après-midi. Les maisons s'y ressemblent toutes plus ou moins, collées les unes aux autres pour certaines, séparées par de petits jardins privatifs pour d'autres, toutes incessamment survolées par des avions de ligne; l'aéroport n'est pas très loin. Une large bande de verdure les sépare de l'autoroute, suffisamment éloignée pour étouffer le bourdonnement des voitures, remplacé par celui des câbles à haute tension qui courent au-dessus de cette ligne de démarcation.

Gabriel, maintenant barbu, est allongé sur le canapé de son salon, en train de dormir profondément. Quantité de livres sont étalés sur la table basse à ses côtés. Face à lui, la télévision diffuse silencieusement un documentaire animalier sur les ours. Malgré l'ambiance confinée que les lampes de faible intensité donnent à la pièce, la maison semble chaleureuse, spacieuse, vivante. Une grande affiche originale du *Prince de New-York*, encadrée, occupe un large pan de mur. Des photos sous cadre d'une petite fille sont posées sur les meubles.

Bruits de porte qu'on ouvre et ferme, et pas qui se rapprochent.

Alice Ciello entre dans la pièce et jette un coup d'œil amusé sur Gabriel : c'est une jolie brune d'une petite trentaine d'années, au visage franc et doux. Elle dépose son sac et ôte ses chaussures avec précaution, éteint la télévision et le rejoint sur le canapé. Gabriel sourit, s'étire un peu et lui fait de la place pour qu'elle s'allonge contre lui.

Quelques heures plus tard, ils sont dans la cuisine, assis de chaque côté de la table, face à un dîner déjà bien entamé. Les regards échangés et la douceur qui les enveloppe se font le reflet de la forte complicité qui les unit. Après une dernière bouchée, Alice boit un grand verre d'eau d'un trait.

- On s'fait un ciné, vendredi soir ?

- Tes parents gardent encore Aurore ?

- C'est eux qui ont réclamé ... J'ai une réunion en fin d'aprèm. Après, on peut se faire un resto et la séance de dix heures. Qu'est-ce que t'en dis ?

Gabriel acquiesce.

- Ils l'ont pas un peu trop souvent ?

Alice hausse doucement les épaules : un échange de regards, doux. Il lui sourit.

- J'ai peut-être un truc. Ça commencerait la semaine prochaine.

- Je t'ai rien demandé ... On peut tenir encore un peu. Te sens pas obligé.

Il la dévisage quelques instants, très tendrement.

- La prime est presque avalée. Ils vont sûrement faire traîner la réhab, histoire de montrer qu'ils sont responsables ... Non, qu'ils se sentent responsables ... Ça peut durer encore pas mal de temps ... Et puis faut que je m'active un peu, je rouille ...

- C'est quoi ?

- Des p'tits chantiers, des trucs chez des particuliers. Des trucs au black, quoi ... Mais c'est bien payé.

Tandis qu'Alice baisse les yeux sur son assiette, il pose sur elle un regard peiné, puis il se ressaisit, se voulant rassurant.

- C'est provisoire. Et c'est avec d'anciens potes du collège ...

Alice revient brusquement sur lui.

- Quoi ? Qu'est-ce que j'ai dit ?

- Rien ... C'est original pour un flic de bosser au noir ...

- Je sais pas, mais c'est ce qui va se passer.

Il retourne à son assiette, grappille quelques morceaux, sous le regard d'Alice, pensive.

- Qu'est-ce qu'il y a ?

- Je sais pas. Je comprends pas vraiment pourquoi tu fais ça, mais si c'est ça que tu veux ...

Gabriel montre quelques signes d'agacement.

- Mais c'est pas une question de ce que je veux, faut bien que je fasse quelque-chose, c'est tout !

Alice acquiesce doucement, sans grande conviction.

- C'est quoi l'problème ?! Que j'sois mis à pied? ! ... Ou que je fasse l'ouvrier pour ramener du fric ?! ... Faut me dire, hein ?!

Elle ne répond pas, elle laisse passer l'orage, elle est habituée à ses vifs retournements, à son tempérament impulsif.

- C'est par rapport à tes parents ?! ... C'est pour ça qu'ils gardent ma fille ?! J'suis pas assez bien pour eux ?!

Leur fille, ses parents : les points sensibles pour lesquels Alice s'oblige à garder son calme.

- Notre fille, d'abord ... Ensuite, je vois pas ce que mes parents viennent foutre là-dedans, quand j'ai juste envie que tu restes à la maison et qu'on soit un peu que tous les deux !

- Alice, faut que je trouve du taf ! Je peux pas rester comme ça à attendre ... Un peu de thune, ça peut pas faire de mal ...
- Tu sais que c'est pas un souci ! On pourrait en profiter un peu ...

Incapable de refréner son envie de sarcasmes, Gabriel lève son verre de vin.
- A la santé de la fortune de papa.

Le coup porte, Alice est blessée.
- T'es trop con ...

Il repose son verre. Les larmes montent doucement aux yeux d'Alice, qui tente de se reprendre, le regard perdu vers son assiette. Gabriel, gêné, ne la quitte pas des yeux.
- ... Excuse-moi.

Un temps. Alice garde son regard baissé.
- Faut que je fasse quelque-chose, c'est normal ! Là, c'est avec des copains, ça me permettra de pas tourner en rond. Sinon, ça va devenir l'enfer ... Ce sera pas tout le temps, juste des petits plans comme ça, histoire de bouger un peu ...

Alice le regarde avec attention, se tranquillisant un peu.
- Je sais qu'y a pas d'impératifs ... Je veux pas tourner en rond, c'est tout.
- Ok ...

4.

Le jour se lève à peine. Il n'y a quasiment pas de circulation. Gabriel roule à bonne vitesse, sans excès, le regard porté loin devant lui. Il porte des vêtements solides. Ses traits sont tirés. Il est concentré.

Par sa vitre ouverte pour que le vent le réveille complètement, il observe les décors qui changent à mesure qu'il s'éloigne de chez lui, de ce cocon si nécessaire, vital, cette zone de paix qu'il préserve de tout. Pourvu que cela ne dure pas trop longtemps. Sa famille en souffrirait mais surtout, les vieux réflexes pourraient faire valoir leur droit à se manifester. Ne pas replonger. Maintenir son cap quoiqu'il arrive. Ne pas perdre de vue pourquoi il fait tout ça. Et la circulation d'augmenter avec les kilomètres parcourus. Au détour d'une zone d'activités, la voilà : la Citée. Immuable, plantée dans le sol, maintes fois agressée, toujours fière. Des blocs de béton, rectangulaires en longueur comme en hauteur. Des façades usées. Les antennes paraboliques fleurissent aux fenêtres. De nombreux volets sont baissés. Au sol, bordée par des allées fissurées, une bande de terre pelée dispute la surface à plusieurs zones de stationnement. Là, de grosses berlines impeccablement entretenues côtoient des familiales fatiguées mais inusables. A l'écart, quelques carcasses carbonisées.

Et malgré l'heure matinale, l'endroit est déjà bien vivant : élèves en partance pour l'école, mères de famille de sortie pour les courses, la laverie, les caisses sociales, les ménages ... Les chiens qu'on promène ...   Les pères qui rentrent.

Depuis les balcons ou certains buttes du terre-plein, des garçons de 12 à 20 ans, toutes origines confondues, font le guet, s'interpellant et échangeant des signaux sans la moindre discrétion.

Gabriel s'engage sur une petite voie annexe. A le voir faire, on est convaincu qu'il connaît l'endroit, qu'il sait où il va. Sa destination : le petit parking qui longe un supermarché qui ouvre tout juste. Après une rapide hésitation, l'endroit semble lui convenir. Il incline son fauteuil, programme le réveil de son téléphone portable, et s'accorde un repos nécessaire.

Il faut être fort pour affronter sa jeunesse.

5.

Gabriel est adossé à sa voiture et feuillette négligemment un journal. Son sommeil semble ne lui avoir été d'aucun secours. Il boit une gorgée d'un gobelet de café, jette un coup d'œil aux alentours : des clients et employés des magasins occupés à leurs activités. Il revient rapidement sur ce qui occupe chacune de ses cellules : la Citée, qui se dresse de l'autre côté de la large avenue. Des années qu'il ne l'a pas revue d'aussi près, l'enclave. Les souvenirs remontent, s'entrechoquent. A le voir ainsi happé, absorbé, on se dit que la mémoire a quelque chose de toxique. Mais il faut refaire surface, revenir au seul temps qui soit : le présent.

Alors, parce qu'il faut faire un premier pas pour entraîner les suivants, Gabriel se met en marche. Gobelet et journal finissent leur courte vie dans une poubelle, puis il traverse l'avenue et rejoint le terre-plein central.

Un frisson d'excitation lui chatouille l'épine dorsale alors qu'il foule le gazon râpé. Les émotions se bousculent la priorité. Il constate qu'il s'y sent bien, à l'aise. Passée la surprise, la satisfaction a gagné la première manche.

Mains dans les poches, démarche tranquille, le regard glissant sur les façades, Gabriel avance en direction d'un petit groupe de jeunes adolescents, qui l'observent et commencent à s'agiter nerveusement à mesure qu'il se rapproche.

- 'jour.

Ils l'observent avec méfiance. L'un d'eux se détache du groupe et fait quelques pas vers lui.

Ses yeux sont en activité permanente, comme s'ils scannaient le terre-plein et l'avenue en arrière-plan.

- 'jour.

Les autres commencent à pouffer, plus ou moins discrètement.

- On peut vous renseigner, m'sieur ?

- Ouais.

- J'vous écoute ...

Tandis qu'il continue de jouer gauchement son rôle sous les gloussements répétés des autres, Gabriel ne peut s'empêcher de lui sourire.

- Je cherche Medhi...

Un temps : chacun s'observe avec prudence, jusqu'à ce que le plus âgé du groupe s'impose.

- Medhi, c'est mon frère !

Gabriel lui jette un regard bref, hoche la tête négativement et revient vers son premier interlocuteur.

- Medhi Zenouda.

L'adolescent se tourne vers le groupe, hésitant quant à la suite à donner. Le plus âgé s'avance alors un peu plus sur Gabriel.

- On connaît pas ... Des Medhi, y'en a plein ici! Y'a qu'ça ! ...

Il rigole, imité par les autres. Gabriel prend la mesure de leur petit jeu.

- T'en connais pas ou y en a plein ?

- ... Eh ! T'es bouché ou quoi ?! On l'a pas, ton renseignement, là ...

Gabriel marque un temps, pas du tout impressionné: il dévisage le petit groupe. Le premier jeune baisse les yeux, se fond dans le lot. Le deuxième revient vers lui.

- Medhi Zenouda, connais pas !

Un troisième fait quelques pas vers eux, manifestement pour calmer le jeu, faire retomber la tension.

- C'est vrai, sérieux, y'en a trop des Medhi ici ...

Nouveaux gloussements, excepté l'interlocuteur principal de Gabriel, qui, le défiant, attend la suite. Ils s'observent tous deux un court instant puis Gabriel hoche la tête en signe d'approbation et fait demi-tour, direction la sortie de la Cité. Mais il s'est à peine éloigné de quelques mètres qu'il entend un puissant sifflement derrière lui : il ne se retourne pas et continue à avancer, tous ses sens en éveil.

Peu à peu, un bruit de course se rapproche derrière lui. C'est le petit dernier, le jeune médiateur.

- M'sieur, oh, m'sieur!

Il se retourne et l'interroge d'un mouvement de tête. L'adolescent lui indique un bâtiment tout au fond, de l'autre côté du terre-plein.

- Bâtiment 3, escalier 7. C'est au 9ème.

Gabriel marque un temps, le dévisage en silence, puis se dirige vers l'immeuble indiqué, sans un regard pour le petit groupe, qui l'observe avec une attention accrue. Tout en marchant, il ne quitte pas des yeux la silhouette qui se dessine au balcon de l'endroit désigné.

Une fois le bâtiment rejoint, et sans le moindre temps d'hésitation, il entre à l'intérieur. Le hall reflète toute la vétusté du bâtiment: sol sale, portes fendues, peinture écaillée, miroir brisé. Tout en prenant la mesure de l'endroit, Gabriel marche jusqu'à l'ascenseur et appuie sur le bouton d'appel: la diode est cassée, un bruit de mécanique usée se fait entendre. Il attend, constatant avec une certaine tristesse l'état des lieux. Le bruit s'arrête, quelques étages au-dessus. Après un court instant d'hésitation, Gabriel avise alors la porte de l'escalier. Il l'ouvre et s'arrête net: les premières marches sont marquées par une large tâche de sang, décolorée par le temps. On connaît plus engageant. Mais l'ascenseur reprend tout à coup sa descente. Il referme alors la porte et attend.

En guise d'ascenseur, l'appellation de large monte-charge métallique semble plus appropriée. Quant aux cloisons, elles sont défoncées en plusieurs endroits et certains boutons manquent sur le panneau de commande. Adossé à la paroi, Gabriel est extrêmement concentré, un peu fébrile, s'appliquant à faire le calme en lui.

6.

La porte de l'ascenseur s'ouvre : Gabriel marque un temps, et sort en cherchant rapidement des yeux l'appartement qui l'intéresse. Mais, sur le côté, debout dans l'ouverture de sa porte, Medhi Zenouda l'observe avec une certaine curiosité. C'est un homme d'une bonne trentaine d'années, de taille moyenne, au physique épais et d'allure sportive.

La porte de l'ascenseur se referme.

Les deux hommes se dévisagent calmement.

- T'es bien la dernière personne que je pensais voir aujourd'hui.

- J'imagine ...

- ... Entre, entre.

Il se dégage de l'entrée. Gabriel le remercie d'un signe de tête et pénètre dans l'appartement dans la foulée. Medhi referme derrière lui.

Une fois dans la place, Gabriel s'y déplace posément, posant ses yeux sur tout ce qu'ils croisent. L'appartement est assez grand, plutôt lumineux, décoré dans des teintes ocres. De nombreuses photos sont accrochées au mur, des jouets traînent un peu partout, sans qu'aucune sensation de désordre n'en résulte. De larges tentures séparent les pièces les unes des autres. Medhi le laisse faire puis il le conduit jusqu'au double salon: là, le mobilier est sobre, classique, confortable. Un pan de mur est caché par un écran impressionnant. L'endroit est calme. La porte-fenêtre, ouverte, laisse entrer le son de la rue, du terre-plein ... Gabriel finit son tour d'observation. Medhi lui fait alors signe de s'asseoir dans le canapé. Il obtempère, avise la théière et les deux mugs noirs posés sur la table basse. Medhi s'assoit en face de lui.

- J't'ai vu arriver.

Gabriel acquiesce, un peu perdu dans ses réflexions. Medhi l'observe, tranquillement.

- La famille va bien ?

- La famille va bien ... Les parents sont rentrés au pays. Ça va faire 4 ans. Ils sont contents. Sami va se marier ... C'est pas une fille de chez nous, mais bon ... En attendant, il vit ici.

- C'est bien...

- ... Et toi ? Marié, des enfants ?

- Marié, un enfant.

Un temps.

- Fille ou garçon?

- Une fille. Elle a cinq ans.

- J'l'aurai parié...

Echanges de sourires amusés, conciliants. Gagné par une petite nervosité, Gabriel sort son paquet de cigarettes.

- Je peux ?

- Pas ici. Après, sur le balcon.

Gabriel pose le paquet sur la table. Medhi commence à servir le thé.

- Moi, j'suis marié depuis trois ans. On a un garçon et on attend le deuxième...

Gabriel jette machinalement un coup d'œil autour de lui, constatant de nouveau l'absence de bruit, de présence, hormis la leur. Medhi le remarque et lui tend un mug.

- Goûte.

Gabriel le regarde avec application, obtempère, puis repose son mug en souriant.

- Il est comment ?

- Il est toujours aussi bon ... Il est comme celui de ta mère.

- Elle m'envoie les feuilles de là-bas.

- Et ta sœur ?

- Elle est rentrée avec les parents. Elle a fini son droit et elle va bientôt être avocate.

Gabriel esquisse un sourire.

- Quoi ?

- Rien ... Petite, c'est ce qu'elle disait qu'elle ferait.

- Elle a pas changé, toujours aussi casse-couilles !

Ils sourient. Un temps : chacun s'observe en silence.

- Quand est-ce qu'ils te réintègrent ?

Gabriel laisse échapper une expression de surprise.

- L'info arrive jusqu'à nous ... La télé, internet ... Ça a fait parler ta p'tite crise. Ça en a fait délirer plus d'un.

Gabriel soupire, à moitié dégoûté. Il sort une cigarette de son paquet, joue machinalement avec.

- Ils vont sûrement faire traîner un peu. Après ... J'en sais rien.

- Combien ? ... Deux mois, six mois ...

- Je sais pas.

- Au moins, pendant ce temps-là, ça évite à ta femme de flipper.

A l'évocation d'Alice, Gabriel triture un peu plus sa cigarette.

- Tu m'dis ce que tu fais là et mon balcon est à toi.

Il ne peut réprimer un sourire un peu amer.

- C'est toujours toi qui décide, hein ?

- T'es chez moi, mec. Alors ?

Plus moyen de faire demi-tour. C'est maintenant qu'il faut abattre ses cartes, à plat, figures bien en vue, les yeux dans les yeux. Jouer le jeu de l'intensité.

- Je cherche du taf.

Medhi esquisse un sourire, prend son temps.

- Ttt ... T'as pas besoin de moi pour ça.

- Un peu, si.

Medhi se lève brusquement, fait quelques pas sur place, sans quitter Gabriel des yeux, qui s'emploie à se montrer sûr de lui.

- Qu'est-ce que tu délires ? Un taf, t'en as un, non ?! ... Allez ... Tu débarques pas chez moi maintenant pour me raconter des conneries ?! ... J't'écoute !

- J'ai rien d'autre à t'dire ! J'ai besoin de thunes, c'est tout ... On peut pas dire que j't'ai fait trop chier, non ?

- Qu'est'ça veut dire, ça ?! ... Tu vas pas m'la jouer protecteur, sérieux ?! Tu crois qu'on t'a attendu pour s'arranger avec les keufs ?!

Un peu irrité, Medhi sort sur son balcon et s'accoude à la rambarde, laissant son regard errer sur la Cité. Gabriel attend quelques secondes et le rejoint. Il allume sa cigarette.

- J'déconne pas. J'connais les réseaux, les procédures ...

- Qu'est-ce tu m'fais, là ?! ... Tu cherches à m'faire cracher un truc ou quoi ?! ...

Gabriel hoche la tête, affrontant le regard noir de Medhi.

- Si c'est l'cas, va droit au but, putain ! Au moins, me manque pas de respect !

- J'suis très sérieux, Medhi. T'es méfiant, ok ! Crois c'que tu veux ! Moi, j'ai rien à faire de mes journées alors j'préfère te prévenir : j'vais revenir tous les jours sur ta pelouse de merde jusqu'à c'que tu m'écoutes ...

Medhi le dévisage, sévèrement. Gabriel reste imperturbable.

- A demain. Merci pour le thé.

Il jette sa cigarette par-dessus la rambarde et rentre dans l'appartement. Medhi est tout à ses pensées lorsque la porte d'entrée claque.

Tandis qu'il traverse le terre-plein, Gabriel sent peser sur lui les regards du petit groupe d'adolescents, ainsi que celui de Medhi. Une fois sa voiture atteinte, il en ouvre sèchement la portière et s'installe au volant, sur lequel il pose ses mains, bien à plat: elles tremblent très légèrement. Il prend le temps de respirer profondément afin de rétablir en lui un certain calme puis il démarre, s'insère posément dans la circulation et s'éloigne.

7.

La petite chaîne stéréo de la cuisine diffuse le premier mouvement de la première symphonie de Mahler, dite "Titan" : un sommet de légèreté au regard de son titre. Malgré ses traits tirés, Gabriel est en train de faire à manger et semble plutôt décontracté. Aurore, sa fille, est attablée derrière lui, entièrement accaparée par le dessin qu'elle exécute. Une activité qu'elle abandonne dès que le bruit de la porte d'entrée retentit. Il la regarde alors bondir de sa chaise et courir vers les pas qui se rapprochent.

Monopolisée par leur fille, agrippée à sa taille, Alice s'arrête dans l'encadrement de la porte et jette un regard amusé sur le capharnaüm qui règne dans la cuisine. Gabriel les regarde du coin de l'œil, sourit et reste concentré sur son activité.

- Tu dis rien !
- Quoi ?!
- J't'entends ...
- N'importe quoi ...
- ... Je rangerais, laisse-moi faire !
- J'l'ai même pas pensé, espèce de parano ! Par contre, c'qui m'dépasse, c'est que tu cuisines toujours quand on s'engueule ...
- C'est bientôt prêt.
- J'arrive...

Elle repart dans le couloir tandis qu'Aurore se rassied à table.

- ... Et ta journée ?
- C'est pas encore ça, mais y a du boulot. Va juste falloir que je poireaute un peu pour l'avoir.
- C'était pas par des potes ?

- Si, mais c'est compliqué, c'est des vieux contacts ... On mange !

Alice revient, fait quelques pas vers lui : ils s'embrassent rapidement. Elle jette un coup d'œil au dessin d'Aurore, passe sa main dans ses cheveux puis se glisse contre Gabriel, de dos, entravant ainsi ses mouvements alors qu'il tente de servir, ce qui provoque les éclats de rire de leur fille.

Le dîner achevé, Aurore couchée, la pénombre s'installe. Et tandis qu'Alice dort paisiblement, enrobée d'une lumière nocturne particulièrement douce, Gabriel la regarde avec tendresse. Il est assis dans son vieux fauteuil en cuir, les deux pieds reposant sur le lit. Cette chambre, leur chambre, plongée dans ce calme si particulier, celui qui surgit quand toute vie semble au repos. Cette chambre, il la regarde, il la respire, comme tant de fois déjà, envahit par une puissante sensation de plénitude. Leur grand lit, les rares meubles, les livres et les vêtements épars, le petit bureau d'Alice ... Et ces volets qu'ils ne ferment jamais ... Il se perd dans ses réflexions, dans une certaine fébrilité.

8.

La journée de Gabriel s'écoule dans une longue attente : assis sur un banc, il fume quantité de cigarettes, se nourrit d'un sandwich, lit un peu, observe tout autour de lui.

Il prend le pouls de la Cité.

Et quand la journée touche à sa fin, quand même les derniers guetteurs ont abandonné toute idée de le surveiller, quand les femmes de ménage des grandes entreprises partent travailler, alors seulement il se décide à partir, à revenir le lendemain, cet autre jour qu'il ne connaît pas encore.

Direction le club de tir. Pas celui où vont tous ses collègues, ou ex-collègues, ça reste encore à définir, mais son club privé : un endroit bien entretenu, discrètement décoré, calme, avec bar, salon et, au sous-sol, des stands de tir. Badge du club autour du cou et sac de sport à la main, Gabriel descend l'escalier qui mène à l'enfilade de boxes individuels. Le son assourdit de tirs méthodiques se fait de plus en plus présent. Il croise un homme qui remonte et lui tend la main.

- Tiens, salut Gabriel ! Ça fait un bout !
- Ben ouais. C'est comme ça.
- Ouais, j'en ai entendu parler. La télé ... Ça va mieux ?
- J'suis là.
- Ben ouais. Et ta femme ?
- Ça va. Merci.
- ... T'as raison d'venir tard ... Comme ça, t'es peinard, hein ?
- C'est ça l'idée.

- Bon, ben j'te laisse, alors ... A un de ces quatre ! Bonne séance !
- Ouais, merci.

Nouvelle poignée de mains. L'homme s'éloigne, Gabriel choisit une stalle et s'installe. Les coups de feu provenant du box occupé s'arrêtent : il écoute, entend le bruit de la cible qui revient vers le tireur. Quelques sons métalliques, puis les tirs reprennent. Il ouvre alors son sac et en sort un revolver type .38 spécial à canon court, ainsi qu'un pistolet modèle Glock 29. Il prend un court instant pour les regarder avec attention puis sort nombre de munitions. Il charge les deux armes, enfile le casque et les lunettes de protection et se saisit du .38. Lentement, il assure ses positions et met la cible en joue : le coup part, le revolver relève le nez, Gabriel accompagne la secousse d'un mouvement d'épaule. Il tire cinq fois consécutives, avec un peu plus d'aisance au fur et à mesure. Il change alors d'arme, empoigne le Glock avec assurance et tire à dix reprises, quasiment sans temps mort. Il repose le pistolet et fait revenir la cible : la tête, le cœur et le ventre sont perforés de tir groupés, nets, ne présentant presque aucune erreur d'appréciation.
- Impressionnant ...

Gabriel se retourne, abaissant son casque et découvre l'autre tireur, qui observe sa cible.
- On se connaît ?
- Non, non. Mais je vous ai vu à la télé.
- Ah, ok.

Il se détourne de lui et met en place une cible vierge.
- ... Bonne séance.
- Merci. Bonne soirée.

L'homme recule de quelques pas, sans le quitter des yeux. Gabriel réajuste le casque, recharge ses armes et attaque une nouvelle série. Il est extrêmement concentré.

Et le lendemain, aux premières lueurs du jour, sa concentration ne semble pas l'avoir abandonné tandis qu'il fait son jogging. Gabriel court, entre deux étendues d'eau, au rythme d'une foulée un peu lourde mais régulière. Il est au cœur d'une large forêt, dense, au milieu de laquelle plusieurs grands lacs se succèdent, séparés par des digues de terre et entourés par un chemin pédestre. Les rayons du soleil, encore bas, se mélangent aux lambeaux de brume.

Et c'est ainsi qu'il passe la plupart des jours à venir. Sur le terre-plein de la Citée, Gabriel fume, lit, salue les résidents. Des groupes de jeunes l'observent, l'interpellent. Lorsqu'il pleut et que l'endroit se vide, il trouve refuge sous l'auvent d'un hall d'entrée. Et depuis son balcon, appuyé à la rambarde, Medhi l'observe avec gravité.

9.

La Citée, le terre-plein, un banc, Gabriel : ses traits sont un peu plus fatigués mais son expression dénote une motivation inchangée. Son attention est attirée par un jeune homme qui salue quelques connaissances puis se dirige vers lui d'un pas léger, le visage barré d'un large sourire. Il le lui rend. Sami Zenouda n'a pas encore atteint ses 30 ans, il est de taille moyenne, et possède un regard d'une intensité rare, qui contraste avec la douceur générale qui se dégage de lui. Gabriel se lève lorsqu'il arrive à sa hauteur. L'accolade est amicale, chaleureuse. Tous deux s'assoient.

- C'est incroyable c'que t'as pas changé.
- Toi, par contre ...
- Ton frère essaye de m'avoir à l'usure. Il t'a raconté ?
- Ouais. Il cherche à savoir c'que tu fous ! Ça l'met sur les nerfs ! Il m'lâche pas !
- Il a donné des consignes, c'est ça ? ...

Sami hausse les épaules. Gabriel y répond par un soupir excédé.

- Il le sait c'que j'veux, j'lui ai dit : j'veux bosser, c'est tout.
- Ouais, j'sais, il m'a dit ! Avoue qu'c'est un peu space ! Rien qu'd'être assis là, tu ralentis l'business !
- Ben, plus vite il arrêtera ses délires et plus vite il pourra reprendre ses p'tites affaires. Il croit vraiment que j'ai pas autre chose à foutre que d'faire l'indic le cul sur un banc ?!
- T'es célèbre ! Alors t'étonnes pas si tu passes pas transparent à faire du sitting en plein milieu d'la cité ! Tout l'monde se d'mande c'que tu

fous et c'que fout Medhi. Ça l'fait pas marrer, tu vois !

- Eh, c'est lui qui s'fait sa pub à la con, là, pas moi ! ... Moi, j'ai juste demandé à tafer : j'ai besoin d'un truc au black, n'importe quoi qui rapporte rapidement ... A qui tu veux que je demande ça ?!

Sami marque un temps, le dévisage avec perplexité.

- Quoi ?! ...

- Ben rien, t'es un keuf, point barre ! T'es pas au meilleur endroit pour demander du taf !

- Putain Sami, réveil ! J'suis plus flic, ça c'est fini ! Avec c'que j'me traîne, j'en ai pour des plombes avant de revenir sur un coup, je suis juste bon pour poser des PVs jusqu'en 2030 ! ... Flic pour moi, c'est terminé !

- Alors tu t'es dit : pourquoi pas dealer !

- Voilà, c'est ça !

- Une autre idée ?

- Je sais qu'ils vont essayer de m'entuber, mais je démissionnerais pas avant d'avoir touché c'qu'ils me doivent. En attendant, faut qu'je tienne ...

Ils restent un instant silencieux, observant autour d'eux.

- Pourquoi ils te réintégreraient pas ? Paraît que t'étais un bon, c'est c'qui disent ...

- Oh Sami, on est pas dans une série, là !

- Et alors ? ...

- Tu veux des mots qui en jettent : demain, je passe devant la commission, tu l'diras à ton frangin ! D'accord ?!

- Qu'est-ce ça veut dire?

- Rien, justement. Ça veut rien dire !

Un temps. Ils s'observent, Sami s'agitant un peu.

- Putain, Gab, qu'est-ce que tu veux que je te dise ?! ... Et même Medhi ... Tu crois qu'il décide tout seul ?!
- Tu vas pas m'faire croire qu'il peut pas m'avoir un boulot de merde sans en parler à je sais pas qui ? C'est quoi c'délire, c'est personne ici, ton frère, alors ?!
- Arrête tes conneries ! Vous faites chier tous les deux, hein !
- Non, c'est vous qui faites chier, là ! Merde, c'est pas compliqué à comprendre ! On va pas y passer des plombes, bordel !

Le portable de Sami sonne : il fait signe à Gabriel d'attendre, s'éloigne de quelques mètres et décroche. Gabriel regarde vers le balcon de Medhi, qui l'observe tout en parlant à son frère. Ils ne se quittent pas des yeux pendant toute la durée de la conversation. Sami revient vers Gabriel.

- Alors ... Quels sont les ordres ?
- De pas t'lâcher la grappe !
- Ok! Bon, tu lui diras que j'suis là après-demain. Et aussi que j'suis prêt à voir son boss, si ça peut l'détendre ...
- Ça, ça va être difficile.
- Pourquoi ? Il se planque ?
- ... Paris, c'est pas son truc.
- ... Donc c'est bien Medhi le patron, ici ?
- Y'a de ça.
- Joli parcours ...
- Chacun le sien.
- Ouais ...

Ils échangent un petit sourire de connivence.

- Paraît que tu vas te marier ...
- Putain, tu sais tout, toi !
- Non, je sais juste que : "C'est pas une fille de chez nous, mais bon".

- Ça lui arrache un peu la gueule, hein !? Elle s'appelle Angélique ...

Gabriel ne peut s'empêcher de rire, doucement.

- C'est ça, rigole, rigole ! Je vous emmerde tous ! Toute façon, tu la verras pas, elle est à Nantes ...

- Elle va bien finir par revenir, non ?

- Tu lâches pas, toi, hein?! Bon : faut que j'y aille ...

- Ok. Merci pour la discute. Ça fait du bien. Et ça fait du bien de te revoir ... Et dis bien à ton frère que je veux lui parler après-demain.

- Promis.

Ils s'embrassent. Sami repart en direction du parking. Gabriel, pensif, ne le quitte pas des yeux.

10.

Au petit matin, Gabriel court dans la forêt. Il y est seul. Alors qu'il longe un étang, tout en lui indique une intense détermination.

Quelques heures plus tard, il est assis dans une salle de réunion de la préfecture de police. Un lieu totalement impersonnel, délimité par des panneaux amovibles. De nombreuses tables sont disposées en U, face à une chaise de plastique noir. Les fenêtres sont obstruées par des stores à plis verticaux.

Gabriel regarde consciencieusement la petite dizaine de costumes-cravates qui, face à lui, le dévisage, puis laisse glisser son regard sur les assiettes de viennoiseries posées devant eux. Après une rapide concertation, l'un des interlocuteurs réclame son attention.

- Lieutenant Ciello, j'ai l'impression que vous ne réalisez pas l'importance de cette réunion et ce que l'avis émis par cette commission risque d'entraîner pour la suite de votre carrière.

- Si ... Mais ça fait plus d'une heure que vous me posez des questions dont vous avez déjà les réponses. Donc, voilà, ce serait bien qu'on en finisse.

Ils s'interrogent silencieusement et acquiescent, d'un avis commun.

- Très bien, je pense que nous pouvons en effet conclure. Je me permettrais juste de souligner à nouveau que votre attitude ne nous aide pas franchement à aller dans un sens qui vous serait probablement plus favorable ...

Gabriel laisse échapper un petit sourire.

- Ça vous fait sourire, lieutenant ?! Après tout, c'est de votre vie qu'il s'agit ! ... Cette commission souscrit donc à l'avis initial qui était de prolonger votre période de rétablissement. Vous toucherez 50 % de votre salaire et votre dossier sera ré-examiné dans six mois, par cette même commission. .. Souhaitez-vous vous exprimer sur cet arrêté ?

Gabriel prend le temps de les dévisager tous à nouveau, sans chercher à cacher son animosité à leur encontre, puis, brusquement, il se lève, entraînant un sursaut général, et quitte rapidement la salle.

Dans le couloir, personne ne porte particulièrement attention à lui lorsqu'il referme la porte et se dirige vers l'escalier. Descendant les dernières marches, Gabriel repère Alice, occupée à lire sur l'un des sièges de la zone d'attente, ainsi qu'un homme, le capitaine Perrot, qui, le voyant s'avancer vers lui, l'interroge d'un mouvement de tête. Il arrive à sa hauteur.

- Six mois, 50 % de ma solde.
- Bon, ben c'est presque mieux comme ça.
- J'crois pas qu'on ait le même salaire !
- Vous allez tenir ?
- J'sais pas. Ça me paraît ou trop long ou trop court.

Ils se tiennent un court instant face à face, en silence.

- C'était d'un cliché, putain ...
- Ça va bien se passer, lieutenant ...
- Capitaine.

Ils se serrent la main. Gabriel le regarde s'éloigner vers la sortie puis revient sur Alice, qui s'est levée et l'observe d'un air soucieux. Il la rejoint.

- C'est qui ?
- Un capitaine. On s'est croisé là-haut ...

- Alors, qu'est-ce qu'ils ont dit ?

Gabriel lui sourit, très franchement.

- Qu'il faut vraiment que je trouve du taf.

Alice pose sur lui un regard triste. Il l'attire contre lui, l'embrasse sur le front.

- T'inquiète, ça va bien se passer. On va se débrouiller.

- Et Roussillon ? Il était là ?

- Il est en mission avec l'équipe. Je les appellerai plus tard.

Il lui sourit d'un air qui se veut rassurant.

- Viens, on se tire d'ici !

Et il l'entraîne vers la sortie.

Et comme la vie doit suivre son cour, ils partent faire quelques courses au centre commercial où ils ont leurs habitudes. L'endroit résonne de messages publicitaires déclamés non-stop, entrecoupés par des chansons de variété. Il y a beaucoup de monde. Une fois à la caisse, Alice récupère ses derniers sacs de commissions et les pose dans le caddie, puis elle insère sa carte de paiement. Pendant que la transaction s'effectue, elle jette un coup d'œil à Gabriel, qui fait les cent pas dans l'allée, en pleine conversation téléphonique. Elle récupère sa carte, remercie la caissière et le rejoint, attendant à quelques mètres qu'il ait terminé. Il raccroche, elle se rapproche.

- C'était Roussillon ?

- Ouais.

- Qu'est-ce qu'il a dit ?

- Il est emmerdé, mais il est pas con, il sait qu'ils avaient pas intérêt à ce qu'il soit là. Voilà ...

- Il va rien faire ?!

- Qu'est-ce que tu veux qu'il fasse ? Lui aussi, il a des consignes ... Et puis, c'est moi qui ait déconné, hein ! Ils vont pas non plus se mettre en quatre pour un mec qui pète un câble !

Alice semble brusquement abattue, elle regarde dans le vague sans vraiment rien accrocher. Gabriel la regarde en silence, peiné de la voir dans cet état. Il se rapproche d'elle.

- Hé ! C'est rien, j't'ai dit : six mois, ça passe vite et dans quelques jours, c'est bon pour le boulot ... Une semaine au max. Y a du fric, pas beaucoup, mais y en a ...

- Ça me fait trop chier que t'aies à faire ça à cause de ces cons. T'as pas fait tout ce que t'as fait pour aller faire des chantiers au black, je suis désolée !

Il lui sourit, très tendrement.

- T'es pas obligée de le gueuler non plus !

Il attrape le caddie d'une main et la pousse vers la sortie. Sur le parking, Alice essaye de le ralentir.

- Gabriel, laisse-moi demander à mon père. Je lui dis que c'est pour moi, si tu veux.

- Tu lui demandes rien du tout. Je vais pas faire ça toute ma vie, tout va bien, d'accord ?

Il stoppe le caddie et la regarde avec une tendre fermeté, attendant qu'elle cède : Alice hoche la tête négativement et reprend le chemin de la voiture. Gabriel la suit, légèrement agacé.

Le soir venu, il prend place dans le box de tir, au sous-sol du club. Il y est tout seul. Il tire, calmement, méthodiquement, très concentré. Le lendemain, lorsque le jour se lève à peine, Gabriel court en pleine forêt, avec une grande détermination. De retour chez lui, il prend une douche : le regard absent, immobile, perdu dans ses réflexions, il laisse l'eau s'écouler sur lui.

Ensuite : en route pour la Cité.

11.

Gabriel est adossé à sa voiture : immobile, impassible, les traits marqués par la fatigue, il semble défier la Cité qui lui fait face. Brusquement, il se détache du véhicule et s'avance vers les bâtiments.

A mesure qu'il marche sur le terre-plein central, il reconnaît la silhouette de Medhi qui se détache, assis sur le banc qu'il occupe habituellement. Il a un journal plié à la main, habillé décontracté, tout en dégageant un sérieux certain. Il regarde consciencieusement Gabriel qui marche vers lui. Celui-ci de ne le quitte pas des yeux puis constate qu'il n'y a personne d'autre autour d'eux. Interloqué, il revient sur Medhi et arrive à sa hauteur.

- T'as fait rentrer les enfants ?
- Comme tu peux voir.

Ils se font une accolade, s'embrassent amicalement.

- Mon frère a déjà désobéi à mes ordres ... C'est plus simple comme ça.
- Si tu te le dis.

Medhi acquiesce, l'invite à s'asseoir et fait de même tout en lui montrant le journal.

- T'as encore fait parler de toi.
- J'm'en passerai bien.
- Ça s'est passé comme t'avais dit ... Ça t'a évité la mauvaise surprise, non ?

Un peu dubitatif, Gabriel hoche la tête affirmativement.

- Mouais ... Sami m'a dit que tu voulais me parler, aujourd'hui.
- C'est vrai.
- Je suis là. Je t'écoute.

- Je veux démarrer les chantiers, j'ai plus le temps d'attendre ! ... Fais-moi bosser.
- Putain, tu lâches jamais, toi ! Je croyais pourtant avoir été clair: j'te ferais pas bosser ! ... J't'avance du blé sans problème, tu me dis combien : tout c'que tu veux. Un prêt avec intérêts, comme ça c'est carré. Mais pour ce qui est du reste, t'oublies, c'est non.
- J'démissionne, Medhi. Regarde-moi. J'me casse, c'est fini. T'as vu tout ce qu'ils m'ont mis sur la gueule, comment ils m'ont pourri, ces enculés ! En temps normal, tout ça, ça aurait dû rester en interne, ils auraient même dû me couvrir, mais là, c'est pile poil le bon moment pour lâcher le message de la police bien intègre qui laisse rien passer. Surtout pas un mec qui risque la bavure ! ... On protège le citoyen, et ouais ! Faut qu'il puisse être fier de sa police ! ...

Medhi le regarde, souriant de plus en plus largement à mesure que Gabriel s'anime.

- Prends-moi avec toi ! Fais-moi faire ce que tu veux : garde du corps, chauffeur, j'm'en fous. Je veux palper vite et gros ! Je veux que ma famille manque de rien. Et je veux baiser ces enculés de costards-cravates ! Tu comprends ?!
- Ouais, j'comprends qu'c'est du délire ! En fait, ils ont p't-être grave raison de te mettre sur la touche.

Un temps.

- Dis-moi c'qui te fait chier, en vrai ! Il est où le problème ?! C'est l'autre, là ?! Le mec de l'ombre, le provincial ?! C'est de lui que t'as peur ?!

Medhi le regarde sans broncher, avec un air interrogatif.

- C'est bon, Medhi, fais pas genre, c'est Sami qui m'a dit ...
- Ben Sami, il ferait mieux de fermer sa gueule ! Et toi, tu délires ! J'sais pas à quoi tu joues mais c'est pas comme ça qu'tu vas m'avoir, mon pote. Tu crois qu'j'ai que ça à foutre de passer mon temps à surveiller tout l'monde ?! ... Moi, quand un mec déconne, c'est pas une prime que je lui file !
- Mais putain de bordel de merde ! Je vais pas déconner ! Je veux bosser avec toi, gagner ma vie et être peinard ! Tu sais bien que j'suis pas un timbré !

Medhi le dévisage avec attention, Gabriel soutenant son regard inquisiteur.
- Tu m'expliqueras c'qui t'a pris, un jour ?
- ... Ouais. J't'expliquerai ... Bon, tu me le files, ce boulot ?!
- Je t'ai déjà répondu, je crois ... Maintenant, dis-moi combien tu veux ...

Gabriel se lève d'un bond.
- Ok, ça va c'est bon, je me tire !
- Comme tu voudras ...

Son portable sonne, il décroche sans quitter des yeux Gabriel, qui s'éloigne d'un pas rapide.
- Ouais, ouais, j't'écoute ! (...) Hein ?! (...) Putain d'enculé d'fils de pute ! On sait c'est qui, ces fils de chienne ?! (...)

Gabriel s'est arrêté et revient sur ses pas.
- Tout le monde ! Faut trouver qui c'est ! (...) Ouais, j'arrive ! T'as qu'à laisser Moh à la boutique ...

Il raccroche, sèchement, marque un temps et regarde nerveusement autour de lui.
- Putain de bâtards !
- Raconte !
- T'occupes ! C'est pas ton problème !

Medhi cherche un contact dans sa liste, lance l'appel.

- P't'être mais raconte quand-même ...

Medhi hésite puis raccroche.

- C'est une kebla d'à côté. Les keufs l'ont ramassée sur le chantier, paraît qu'elle était à moitié à poil ...

- Quel âge?

- 16, 17 ... Qu'est-ce t'en as à foutre ?

- Rien. Majeure ou mineure, c'est pas le même service. Tu la connais ?

- Ouais, j'la connais ...

Gabriel attend la suite, qui ne vient pas.

- J't'appelle dans la journée.

- Qu'est-ce que tu vas faire ?! ... Oh! J'te parle ?!

- J't'appelle.

Tandis que Gabriel s'éloigne d'un pas rapide, Medhi pianote à nouveau sur son portable, sans toutefois le quitter des yeux.

- C'est ça, casse-toi ! Toi aussi, tu commences à m'faire iech.

12.

Gabriel roule très vite, sans se soucier de la signalisation, et cependant suffisamment concentré pour éviter les accrochages divers. Lorsqu'il arrive à proximité du commissariat de quartier, il se gare sur le premier emplacement venu et rejoint rapidement le bâtiment. Il entre et marche droit vers l'agent d'accueil, sous les regards offusqués des personnes attendant leur tour. Il montre sa plaque.

- Lieutenant Ciello. La gamine, la black qui vient d'arriver, elle est partie où ?
- Elle est à l'étage, à la cuisine.

Surpris, Gabriel l'interroge d'un mouvement de tête.

- L'ambulance a crevé en venant.
- Merci.

Il bondit vers l'escalier, qu'il gravit quatre à quatre. A l'étage, la plupart des bureaux sont ouverts : leurs occupants squattent le couloir, la machine à café ... Un attroupement s'est créé dans le fond, devant une porte ouverte. Gabriel rejoint le dernier rang. Il observe rapidement et repère un jeune en uniforme, visiblement ébranlé.

- C'est comment?

Le jeune gardien de la Paix, fébrile, lui jette un rapide coup d'œil.

- ... C'est chaud ...
- C'est celle du chantier?
- Ouais. C'est moche, putain !
- Elle a dit quelque chose ?
- J'sais pas, ils l'interrogent. Je crois qu'ils étaient au moins deux et que c'était des Russes ...

Un policier en civil se retourne vers Gabriel, l'air résigné.

- C'est des Roumains ! ... C'est ces enculés de romanos, ils sont juste à côté ... Avec un peu de chance, c'est les gamins ... Comme ça ...

Il s'extrait du groupe et se dirige vers un de ses collègues. Gabriel revient vers le policier en uniforme et l'interroge du regard.

- Elle a pas parlé de gamins, en tout cas. A mon avis, c'était plutôt des brutes, les mecs ... Vu l'état !

- Ok. Merci.

Il jette un rapide coup d'œil sur l'attroupement puis repart rapidement vers l'escalier.

Sans marquer la moindre pause, il rejoint sa voiture, s'y engouffre, démarre et s'insère rapidement dans la circulation. Et pour pouvoir rouler encore plus vite, il finit même par installer un gyrophare amovible sur son toit. A partir de cet instant, la route s'ouvre devant lui et, en peu de temps, il traverse plusieurs quartiers pour arriver dans une zone pavillonnaire: un quartier plutôt luxueux, avec maisons de styles différents, pelouses bien entretenues et larges allées.

Gabriel roule alors plus lentement, et silencieusement. Il longe le trottoir, attentif aux habitations. Au détour d'un virage, il remarque une maison: large, sans étage, ceinturée de gazon. Deux imposants 4X4 sont parqués devant. Il se gare derrière, prend un petit temps, sort et rejoint la maison. Un peu nerveux, il sonne et attend.

Bruits de pas.

La porte s'ouvre : un homme au physique solide, Dorian, campé dans l'encadrement, en bloque le passage. Il sourit en reconnaissant Gabriel.

- Lieutenant !
- Dorian. J'veux le voir ... C'est urgent.

Dorian marque un temps, acquiesce et lui fait signe d'entrer, lui cédant le passage, avant de refermer derrière lui.

Une fois à l'intérieur, et guidé par Dorian, Gabriel s'arrête au niveau d'une double-porte grande ouverte, donnant sur une grande salle à la déco kitsch : carrelage au sol, larges canapés et fauteuils en cuir, mobilier en verre, écran tv de grande taille qui diffuse un documentaire animalier. Dimitri Serdaris - 40 ans, brun, physique sec et athlétique - repose un journal sur la table basse, jette un rapide coup d'œil sur la télé et l'éteint. Il se lève et sourit à l'attention de Gabriel.

- Lieutenant Gabriel !

Il s'approche, chaleureux : Gabriel esquive l'accolade.

- J'ai un truc sur le feu! La maison vient de récupérer une jeune black dans un sale état. D'après elle, c'est deux Russes. Il me les faut avant tout le monde!

Dimitri prend un court laps de temps pour évaluer Gabriel.

- C'est parce qu'on t'a mis en vacances forcées ? Tu veux foutre ta merde, c'est ça ?
- Dimitri, cherche pas, ok ?
- C'est pas sûr que c'est des Russes ...
- Fais pas chier ! Il me les faut ce soir max.
- Ce soir ?! ... Mais la dernière fois déjà, tu m'as dit que tu feras quelque-chose pour moi, tu te rappelles ?
- Je sais : c'est ok ... Ce soir !

Les deux hommes se toisent quelques instants.

- Moi j'attends toujours ton info ! Tu peux l'avoir ou pas ?!

Gabriel acquiesce, sans masquer son agacement.

- Une info pour une info.
- J't'appelle.
- Aucun problème.

Gabriel le salue d'un petit mouvement de tête et prend le chemin de la sortie, Dorian sur ses talons. Dimitri se laisse choir dans son canapé, rallume la télé et prend en cours la suite du documentaire.

En fin d'après-midi, Gabriel se rend à l'école où enseigne Alice. C'est la sortie des classes. Enfants, parents, instituteurs se bousculent sur l'étroit trottoir, prenant garde aux véhicules qui passent à vitesse réduite. Face à la porte principale, adossé au mur, les mains enfoncées dans les poches, il attend. Son visage s'éclaire : Alice apparaît, accaparée par ses élèves. Alors qu'elle se dirige vers l'arrêt du bus, il la rejoint et l'intercepte.

- Qu'est-ce que tu fais là ?
- Je viens t'chercher, ça se voit pas ?
- Ben si, mais ... Qu'est-ce qu'il y a ?
- Rien. J'viens juste te chercher.

Ils s'embrassent rapidement.

- Je vais peut-être avoir le job dont j'te parlais et ça risque de démarrer ce soir. J'voulais être avec toi avant.
- Tu vas bosser le soir?
- Ben ouais. Peut-être pas tout le temps, mais là, c'est comme ça. Et si ça marche, ça peut enchaîner vite, c'est pour ça.
- C'est pour ça ? ...

- ... Que j'voulais profiter de toi.

Alice le regarde avec un peu de méfiance. Gabriel y oppose un visage qui se veut le plus détendu possible.

- Tu viens ?

Alice fouille du regard autour d'elle.

- T'es garé où ?
- Pas loin. Mais on va d'abord ailleurs.

Alice reste interloquée.

- Chambre 8.

Elle écarquille les yeux. Il agite une clef devant elle.

- Tu te souviens du chemin ?

Une lueur d'amusement comme à scintiller dans le regard d'Alice.

- Oui : à gauche, juste après le feu.
- Alors en route pour "à gauche, juste après le feu".

Il lui fait signe : elle demeure immobile, un peu dubitative.

- Tes parents sont ravis de l'avoir jusqu'à demain.
- T'as eu mon père ?

Gabriel acquiesce, se met en marche. Alice le regarde s'éloigner de quelques pas, jette un coup d'œil autour d'elle, constate que personne ne se soucie d'eux et le rejoint.

Quelques instants plus tard, dans la pénombre des rideaux tirés, leurs corps en partie cachés par les draps, ils s'enlacent, s'étreignent. Ils ne ressortent de la chambre qu'à la tombée de la nuit.

Il la raccompagne jusqu'à l'arrêt du bus et attend avec elle que celui-ci arrive. Une fois qu'elle s'y est installée, il ne la quitte pas des yeux tandis qu'elle s'éloigne. Gabriel a les traits fatigués, l'air un peu ténébreux. Une fois le bus perdu de vue, il regarde autour de lui : la rue est plongée dans un clair-obscur, éclairée par les premiers phares des voitures et les montées de lampe des lampadaires. Il part dans la direction opposée et sort son portable.

- C'est Gabriel. (...) Dis-moi d'abord ce que je veux savoir ! (...) Putain Dimitri, me gonfle pas, ok !(...) Attends ... - Il prend appui sur le toit d'une voiture et note – Fiazine !? Connais pas, c'est russe ça ? (...) F.R.I.A.Z.I.N.E. Deux frangins. Je les trouve où ? (...) Ok. (...) Ouais, j'ai ce que tu veux. Tu fréquentes juste la plus belle ordure de flic qui soit. Personne peut l'encadrer. Tout le monde sait qu'il touche à tout mais il connaît du monde, il paraît. (...) Non, c'est un genre de barge, tout le monde s'en méfie ! Je sais pas ce que tu branles avec lui mais à mon avis tu devrais faire pareil. (...) C'est ça !... Bonsoir !

Il raccroche, relit ses notes et court jusqu'à sa voiture, à quelques dizaines de mètres. Il démarre rapidement.

13.

La nuit est déjà bien entamée. La façade vitrée d'un imposant Casino, mise en valeur par de nombreux projecteurs, laisse apercevoir des intérieurs richement illuminés, animés par un nombre conséquent de clients. Un petit vent agite les eaux d'un lac à proximité et fait flotter les drapeaux du fronton.

Gabriel est en train d'interroger un voiturier, qui finit par lui indiquer une berline. Il le remercie et s'approche avec précaution. Il en fait le tour, surveillant régulièrement autour de lui. Après sa rapide inspection, il rejoint sa voiture et s'y installe. Il s'applique à se détendre puis se concentre, prend son téléphone et pianote sur le clavier.

- Medhi ? C'est Gabriel. (...) Je sais où sont les deux gars qui se sont faits la gamine. (...) Non non, pas question ! T'appelles les flics et tu leur dis. (...) Fais-moi confiance, putain ! C'est bon pour tout le monde comme ça. (...) On fait comme j'ai dit. (...) Faut qu'je réfléchisse. Je te rappelle.

Il semble brusquement déstabilisé, indécis. Il marque un temps et sort de la voiture. Une cigarette succède à sa précédente. Il prend le temps de calmer son agitation, tergiverse, puis semble prendre une décision comme malgré lui. Il saisit à nouveau son téléphone, compose un numéro, parle rapidement à son interlocuteur, et raccroche. Troisième cigarette d'affilée.

Le temps s'égrène. Gabriel fait les cents pas sur la promenade qui borde le lac, une cigarette vissée au coin des lèvres. Ses yeux sont alourdis par de profonds cernes. Il garde toujours l'entrée du Casino en visuel. Son téléphone sonne, il décroche.

- (...) Ouais, ils sont toujours dedans.

Il raccroche, déambule encore un peu et rejoint son véhicule.

Le temps d'attente semble s'étirer à l'infini. Gabriel est tendu, les yeux rivés en alternance sur l'entrée du Casino et sur la route. Il remarque alors deux imposantes voitures qui se garent de l'autre côté de la route: Medhi sort de l'une d'entre elles. Gabriel marque un temps, sort à son tour et le rejoint: ils discutent, rapidement. Gabriel lui indique le véhicule des Russes et revient rapidement au sien. Il est très nerveux.

Tout le monde patiente, en silence, observant la nuit calme qui les entoure. Il n'y a quasiment aucune circulation.

Du côté du Casino, des couples, des groupes d'amis, vont et viennent au gré de leur bonne fortune. Jusqu'à ce que deux hommes sortent par la porte principal en distribuant des pourboires à la ronde : les frères Friazine. Absorbés par leur conversation, ils rejoignent leur voiture, s'y installent et démarrent brutalement, aussitôt suivis par le cortège des trois véhicules, Gabriel en queue.

Les quatre voitures traversent la ville endormie, suivant le régime de la première, sans prendre la peine de stopper lorsque les feux sont au rouge. Alors que le cortège s'engage dans une rue déserte et silencieuse, le seconde véhicule accélère brusquement, double celui des frères Friazine et stoppe net en travers de la route, les obligeant à faire de même. Les hommes de Medhi sortent rapidement, armes aux poings et les braquent sur le pare-brise. Les Russes tentent de reculer mais la voiture de Medhi les en empêche. Malgré leurs protestations, hurlées tantôt en russe, tantôt en français, ils sont violemment extraits de leur voiture, frappés et conduits de force sur la banquette arrière du premier véhicule, qui démarre dans la foulée. Medhi prend immédiatement leur suite.

Les traits tendus, arc-bouté sur son volant, Gabriel regarde Medhi qui s'éloigne dans le sillage de la voiture de tête, dont les feux arrière disparaissent déjà. La berline des frères Friazine est en travers de la route, portières grandes ouvertes. Il démarre, incapable de la quitter des yeux tandis qu'il la dépasse, puis il s'emploie à rattraper Medhi et ses hommes.

Jamais ce matin Gabriel n'aurait deviné où il finirait sa journée : dans une banlieue dortoir, au beau milieu d'une ancienne brasserie désaffectée, un vaste hangar insalubre plongé dans la pénombre, au sol jonché de détritus divers (palettes, papiers, sous-bocks abandonnés, morceaux de verre...). Entreposé dans un coin, un groupe électrogène ronronnant fournit juste ce qu'il faut d'électricité pour alimenter les quelques plafonniers encore opérationnels et le fer à repasser que l'un des hommes de Medhi tient à la main. Lui et ses acolytes sont dans un état second, excités et titubant, l'œil vague. A leurs pieds, les corps des frères Friazine gisent inanimés, entourés de bouteilles d'alcool. Un flash éclaire brièvement la scène : l'appareil numérique de Medhi.

Gabriel apparaît par l'une des ouvertures, blanc comme un linge. Les yeux fouillant tout autour de lui finissent par se poser sur les cadavres, avant d'atteindre Medhi.

- Je suppose que la découpe, c'est pas ton truc ?

Gabriel lui fait signe de le rejoindre, ce qu'il fait, d'un pas un peu flou.

- Quoi ? Qu'est-ce qu'il y a ?

- ... Vous pouviez pas juste les tabasser, non ? C'est quoi ces conneries ?!

- Quoi ? Ça ?! ... C'est la paix, mon frère, la paix avec ceux d'en face.

- Vous êtes complètement timbrés, putain !

- Ouais ... Crois-moi, eux, tes deux Russes, ils en auraient enlevé un morceau chaque matin.

- Mais t'es où, là ?! On est pas au fin fond de l'Afrique ici, putain !

- Tiens, le p'tit poulet français qui se réveille ! ... Tu crois quoi, enculé, que ça m'amuse ?!

Ils se dévisagent en silence : Gabriel dépassé ; Medhi agressif. Il désigne ses deux hommes.

- Ces mecs-là, ils existent même pas, tu les reverras jamais ! Dès qu'ils redescendent, ils repartent direct pour le bled. Sinon, c'est la panique ! La France, c'est fini pour eux ! ... J'croyais que tu le voulais, ton ticket d'entrée ...

Medhi fait demi-tour et rejoint les autres, qui sortent les machettes. Gabriel, écœuré, quitte brusquement la pièce.

Quelques heures après, il leur faut se débarrasser des corps, fussent-ils en plusieurs morceaux. Tout le monde embarque dans le gros break des hommes de main. Gabriel, le seul sobre, conduit, concentré sur la route. Medhi est à ses côtés, ses deux hommes à l'arrière. Tout le monde est silencieux. Ils quittent peu à peu la zone urbaine et les immeubles font place à des champs, des zones d'activité, des hôtels bon marché ... Jusqu'à un important complexe métallurgique. Le véhicule passe au pied de divers édifices et s'arrête devant une grille fermée. Un homme sort d'une guérite, ouvre, et adresse deux-trois mots à Medhi, qui lui donne quelques billets. Ils reprennent leur route et s'arrêtent au pied d'une haute cheminée en activité: les portières arrières s'ouvrent, les hommes sortent, rejoignent le coffre et s'emparent des corps sectionnés, qu'ils portent tant bien que mal jusqu'à l'ouverture de la cheminée et jettent dans le foyer incandescent.

Derrière le pare-brise, Gabriel et Medhi, épuisés, observent fixement les hommes qui reviennent sur leurs pas.
- Tu fais ça souvent ?
- Première fois.
- A quoi tu penses ?
- Je me demande si je dois les flinguer ou pas ...
Les deux hommes atteignent la voiture.
- On va arrêter les frais !
- ... Comme tu veux.

Les portières arrière s'ouvrent, les deux hommes se rasseyent. Un temps. Gabriel jette un coup d'œil à Medhi, qui attend, le regard fixé droit devant lui. Il revient sur le volant, tourne la clef de contact, démarre et fait demi-tour.

Le chemin du retour se fait dans un silence encore plus pesant. Gabriel suit les indications de Medhi, jusqu'à un parking souterrain désaffecté. Là, ils regardent les deux hommes arroser la voiture d'essence. Autour d'eux, plusieurs carcasses calcinées gisent en divers endroits. Un cocktail Molotov est lancé sur le véhicule, qui s'embrase immédiatement. Les quatre hommes observent un court instant le feu qui prend puis quittent l'endroit, l'un des acolytes portant un grand sac de sport à bout de bras.

Arrivé à la sortie, Medhi retient Gabriel.

- Viens après-demain. On discutera.

Gabriel acquiesce : ils se séparent.

14.

Quand il rentre chez lui, Gabriel marque un arrêt dans la chambre de sa fille et semble se nourrir de la quiétude qui habite son sommeil. Il rejoint ensuite discrètement son lit, s'y glisse en prenant soin de ne pas réveiller Alice, et s'endort dans la foulée.

Au petit matin, il dort à poings fermés. Mais même au travers du sommeil, il paraît exténué. Alice l'observe depuis le pas de la porte, avec une tendresse mêlée d'inquiétude, puis se retire en silence. Il se réveille quelques heures plus tard et reste un long moment sans bouger, étendu sous la couette, les yeux grands ouverts, fixes, comme désorientés, paradoxalement.

Il déjeune seul, sans grande conviction à même la table basse du salon. Après quoi, il reste assis au fond du canapé, et réfléchit, tendu.

Le soir venu, à l'heure du dîner, Gabriel, Alice et Aurore sont à table et mangent dans un silence quasi religieux. Gabriel pose de temps à autre un regard sur Aurore, l'accompagnant d'un sourire doux-triste, avant de retourner à son assiette. Alice ne le quitte pas des yeux, s'interroge, respecte son silence.

15.

Le lendemain matin, Gabriel reprend la route de la Cité. Il semble avoir repris confiance en lui. Dans tous les cas, son pas est sûr lorsqu'il foule le terre-plein pour rejoindre Medhi, constatant qu'ici, la vie continue de s'écouler comme à l'accoutumée.

Dans un coin, le long d'un immeuble, des jeunes de 12-13 ans sont attroupés, excités, bruyants. L'un d'eux effectue de rapides allers retours avec son scooter, en mode roue arrière, s'activant nerveusement sur la manette des gaz. Gabriel se rapproche, curieux, jusqu'à rejoindre Ibrahim, le concierge de la Cité.

- Qu'est-ce qu'il se passe ?
- Vous êtes encore là vous ?

Gabriel sourit, acquiesce.

- Ben, c'est la police : c'est parce qu'il a reçu une convocation pour des vols d'autoradios ...
- Et ?
- Ben il a peur d'aller en prison, alors, il se défoule. Il va se calmer.

Venant de l'autre côté de l'allée, Sami rejoint l'attroupement. Il prend le jeune au scooter à parti, échange quelques mots avec lui, le bouscule un peu, puis avise Gabriel et vient vers lui.

- T'en fais une tête, Ibrahim !

Ibrahim hausse les épaules d'un air contrarié.

- Ils risquent rien, ils sont mineurs, pas vrai ?

Il prend Gabriel à parti.

- Dis-lui ! Hein, ils risquent rien ? ... Il est toujours à cran quand on touche à ses gamins, Ibrahim ...

D'un geste de la main, Ibrahim fait signe qu'il ne poursuivra pas cette conversation : il leur tourne le dos, l'air maussade et se dirige vers un immeuble.

- Et voilà ! ... Et l'autre qui me la joue : "J'suis fort, Sami, tu vas voir, j'vais tous les niquer ces enculés !" ... Tu tombes à pic, il a envie de se faire du flic ! Tu viens voir Medhi ?

Gabriel acquiesce.

- Il m'a dit pour l'autre soir. Paraît que c'était glauque ? ... Le gros Sénégalais en a eu pour son fric ...

- Ouais...

Gabriel se dirige vers l'immeuble.

- Il est pas là, Medhi.

- Quoi, il est pas là ?

- Ben, il est pas là, c'est tout.

- Eh ! Il commence à me les casser un peu le petit chef.

- Il est au Havre pour un coup. T'en es.

Gabriel marque un temps et jette un regard interrogatif à Sami, qui savoure l'effet de surprise.

- Et ouais ! ... Maintenant que t'as fini de criser, si t'as rien d'autre à faire, je te fais visiter.

Gabriel lui fait signe d'attendre quelques instants.

- C'est quoi ce coup au Havre ?

- Un plan tranquille ... Et avec de la thune au bout. Ce que tu demandais, quoi ! Pour les détails, tu verras ça avec lui. Il sera là demain, je pense. C'est bon ? On peut bouger ?

Gabriel temporise, acquiesce : Sami se dirige vers une entrée, il le suit. Il s'enfonce alors dans le sous-sol du bâtiment. Ils marchent lentement, côte-à-côte, en discutant, évitant de temps à autre les obstacles dont le sol est jonché et que l'obscurité du lieu masque en partie. Ils parviennent à une aire un peu reculée, où les néons fonctionnent, révélant l'état de décrépitude avancée de l'endroit, recouvert de graffiti en tous genres. Au centre de la zone, un parc de voitures rapides, parfaitement entretenues, sans plaques d'immatriculation. Une dizaine de gamins (11/15 ans) vêtus façon streetwear américain monte la garde, outils divers et objets contondants à portée de main. Dès qu'ils aperçoivent Gabriel et Sami, la petite bande resserre les rangs, puis relâche légèrement la pression à mesure que Sami se rapproche. Tous sont silencieux, attentifs.

- C'est quoi tout ça ? D'où ça sort ?
- T'hallucines, hein ?! Me dis pas que ça te fait pas kiffer !
- Ça répond pas à ma question ...

Sami s'arrête net et retient Gabriel, le prenant à part.

- T'es vraiment trop un keuf par moments, Gabriel ! Tu devrais faire gaffe ! Ça peut t'attirer rapide la merde, par ici.
- Ça va ...
- Non, justement, ça va pas ! Tes squats sur le banc, passe, mais là tu vas te faire des ennemis, crois-moi. Évite ce genre de discours avec mon frère, par exemple ... D'accord ?!

Gabriel, acquiesce, clairement agacé. Sami attend une deuxième confirmation.

- J'ai entendu ! ...
- Je t'aurais prévenu ...

Sami repart en direction des voitures, saluant l'un des jeunes postés à proximité. Gabriel le rattrape. Ils déambulent quelques secondes entre les bolides.

- Elles ont l'air neuves ...
- Elles sont neuves ... Presque toutes ... Les autres sont retapées par Samuel, un feuj arrivé dans la Cité y'a deux ans. Un super mécano.

Gabriel admire encore un instant les carrosseries puis rejoint Sami, qui l'attend à l'écart.
- Ils me font flipper, eux ! Ça leur arrive de voir la lumière du jour ?
- Ici, on les appelle la meute. C'est trop des dangers en puissance. Pour eux comme pour tout le monde. Medhi leur a filé la responsabilité des caisses pour pas les avoir sur le dos ...
- Ils sortent des fois?
- Jamais. Mais ça vaut mieux ...

Gabriel leur jette de nouveau un rapide coup d'œil, tentant un instant de percer les capuches rabaissées jusqu'au ras des yeux.
- Cherche pas. Un : tu les verras pas. Deux : ils ont pas de casiers. Pour l'instant, ils sont juste dans le délire ... T'as vu les caisses ?! Ben, voilà ! ... Tu viens ?

Gabriel le suit. Ils s'éloignent, sous l'œil de la petite bande, qui reprend l'entière possession du lieu. Ils émergent d'un hall d'immeuble et traversent le terre-plein, chacun jetant un coup d'œil attentif aux alentours. Ils rejoignent le bâtiment des deux frères et entrent dans le hall, à l'instant où la porte de l'ascenseur s'ouvre, découvrant un adolescent accroché à son scooter. Un rap bruyant s'échappe de ses écouteurs. Sami maintient la porte ouverte.
- Putain Samir, tu le fais exprès ! Qu'est-ce que je t'ai dit la dernière fois ?

L'adolescent enlève ses écouteurs.

- C'est bon, Sami ! Hier soir, j'suis rentré trop tard, j'étais trop nase ! Sérieux, j'suis crevé en ce moment ... Avec le taf, j'ai plus la force ! ... Parole.
- Je m'en fous : tu le colles à l'abri ou il prend l'escalier comme tout le monde ... C'est la règle ! Ça rentre ?!
- Ouais, je sais, ça va, c'est bon ...
- Ben si tu le sais, tu le fais, c'est pas compliqué ! ... La prochaine fois, je te balance à Medhi !

Il remet ses écouteurs, pousse son scooter et passe entre eux deux, qui le suivent un court instant des yeux, plus amusés qu'autre chose, avant de monter dans l'ascenseur.
- C'est quoi, l'abri ?
- C'est payant ... Mais c'est sécurisé !

Il rigole. Gabriel le regarde et sourit à son tour, hochant la tête en signe d'affliction.

Une fois dans l'appartement, Sami s'active à leur préparer un petit repas, qu'ils apprécient en silence, se détendant au fur et à mesure, jusqu'à s'allumer chacun une cigarette sur la fin.
- J'en reviens pas que tu sois là ! Ce que t'as fait avec les russes, là ... Franchement, j'te comprends pas.
- Quoi ?
- T'es un peu barré, quand même ! Tu risques de te griller partout ... Medhi non plus, il comprend pas, ça le fait flipper.
- Il a tort.
- Reste que t'es un flic.
- J'étais.
- T'es quand même grave ...
- Si tu le dis ...

Sami hoche la tête en signe de satisfaction, ouvre un placard en hauteur et en sort un pistolet : Gabriel se tend immédiatement tandis que Sami extirpe du fond une épaisse enveloppe brune, qu'il jette sur la table et remet l'arme en place.

- Comme si le foutre au fond, c'était plus compliqué pour le trouver. A part moi, ça fait chier personne ces conneries !

Il se retourne vers Gabriel, qui regarde l'enveloppe.

- Premier salaire.

S'efforçant de ne rien laisser paraître de sa nervosité, Gabriel prend l'enveloppe, l'ouvre, en découvre le contenu, la repose.

- Y a beaucoup d'argent là-dedans.
- A grandes responsabilités, grandes satisfactions !
- ... Je crois pas que ça soit ça ... Dans le film ...
- C'est la suite, ils l'ont coupée ! ...

Ils rigolent. Un temps.

- ... Et ce soir, on va fêter ça.
- Ttt. Je te rappelle que j'ai une famille et ce soir, c'est avec elle que je suis.
- Non, t'as tout faux. Ce soir, on fait la fête tous les deux ... J'en connais un max qui veulent se faire deux beaux gosses.
- Faut me le dire avant, Sami ...
- Tu voulais changer de vie, non ?! Ben, c'est maintenant. Tu trouveras bien un truc ! ... Faut que j'appelle mon frère. Ça va lui faire plaisir : il voulait que tu t'éclates un peu ...

Gabriel soupire.

- Dis-lui que je m'éclate comme un fou ...

Sami quitte la pièce, laissant Gabriel jouer machinalement avec son portable. Au bout de quelques instants, il se décide et le déverrouille.

A l'autre bout de la communication, dans une maison soudainement vide, Alice écoute en silence avant de reposer le combiné. Elle se tient les épaules un peu voûtées, porte ses effets de la journée, et regarde tristement sa sacoche à ses pieds.

16.

Sami et Gabriel sont en voiture, sur une portion d'autoroute où la circulation est faible. Sami conduit. Assis à côté de lui, Gabriel a le regard perdu dans les halos de lumières qui inondent régulièrement le pare-brise. De l'autoradio s'échappent lignes de basse dynamiques, batterie synthétique et feulements de Michael Jackson : "Smooth Criminal" démarre. Sami monte le son, aux anges. Gabriel le dévisage avec une perplexité amusée.
- T'aimes ça, toi ?
- "Smooth Criminal", mon pote ! Avec Medhi, direct à partir du clip, vous refaisiez les mouvements et tout, tu te rappelles pas ?!
- Si, je me rappelle, ouais ... Mais c'est pas jeune, putain ! T'avais quel âge, toi ?
- Six ans ... C'était en quoi ? T'avais quel âge, douze ?
- Ouais, un truc comme ça.
- Ça m'faisait délirer ! ... C'qui m'éclatait trop, c'était les pansements au bout des doigts ! Ça, ça m'faisait triper, l'hallu ! J'm'en collais plein !...
   Il reprend les paroles en chœur et accélère légèrement. Porté par son enthousiasme, Gabriel se met à tapoter le rythme sur le tableau de bord. Devant eux, Paris colore la nuit de sa masse lumineuse.
   Une fois dans les beaux quartiers, Sami longe un trottoir sur lequel s'étire une enfilade de jeunes faisant la queue, en espérant que l'épais portier qui obstrue la porte les laisse passer. Il s'arrête en double file et sort sans même

couper le contact. Un peu dépassé, Gabriel ne le quitte pas des yeux et lui obéit machinalement lorsqu'il l'invite à faire de même. Ce faisant, il voit un homme âgé empocher un billet, prendre place au volant et redémarrer dans la foulée. Gabriel interroge Sami d'un mouvement de tête, celui-ci lui répondant en faisant de même, puis le guidant jusqu'à la porte, où l'homme épais s'écarte tout de suite pour les laisser entrer. L'endroit est plein à craquer. Les enceintes envoient une techno mécanique et agressive sur laquelle s'agitent filles et garçons : tenues suggestives et tatouages apparents. Autour, avachie dans de confortables fauteuils ou agglutinée sur le comptoir, le reste de la clientèle, excitée par l'alcool et les basses, mate et consomme à tout-va.

Moins d'une heure plus tard, Sami et Gabriel sont assis sur une large banquette, où s'entassent de nombreux jeunes d'une vingtaine d'année. Une fille est vautrée sur la table basse devant eux, au milieu de quantité de verres, bouteilles à demi vides et poussières de cocaïne. Gabriel est épuisé, les traits tirés, il tient serrée contre lui une bouteille de bière. Sami sirote une limonade, concentré sur la fille. Il se penche sur Gabriel.

- La meuf, là ... Elle vient d'avoir dix-neuf ans : elle s'est déjà faite plus de mecs que toutes les meufs qu'on se fera à nous deux dans toute notre vie.
- Tu la connais ?
- J'étais à son anniversaire ! Je me la suit à moitié faite, mais laisse tomber ...
- Pourquoi ?

- Elle te chauffe tellement qu'elle te refroidit ! Tout le 16ème lui est passé dessus. Elle te raconte les plans qu'ils font à plusieurs, toutes les semaines ... Trop glauque !
- C'est con ... Jolie fille.
- Ouais, ben ...

Il marque un temps. Ils observent à nouveau la salle, sans rien accrocher de précis.
- Et c'est pareil partout, c'est ça qu'est grave. Dans tous les clubs du quartier, c'est la même chose. Ils vont tous être banquiers, avocats ou politiques, ceux-là, tous ... C'est eux qui déciderons pour nous : ce qu'on doit penser, bouffer, porter, qui on doit croire et à quoi ...
- ... Ils sont pas tous comme ça non plus.
- Pas tous, j'dis pas. Quatre-vingt-dix-neuf pour cent seulement ! Dans quinze ans, ils seront à la tête des dix, vingt, trente plus grosses sociétés françaises. Tout ce qu'ils veulent, c'est le fric de leurs parents et encore plus si possible.
- Comment tu parles ... Ou t'as appris à causer comme ça, toi ?
- Qu'est-ce que tu crois ? Y'a pas que la Cité ... Et encore, tu serais étonné, j'crois ! On regarde la télé, mon pote !

Gabriel sourit avec condescendance.
- Tu me crois pas, hein ? C'est à toi qu'il faut demander où tu vis ? ... Tu veux que je te les présente ?

A quelques mètres d'eux, une bagarre démarre entre deux garçons bien éméchés. L'agressivité et la vulgarité de leur attitude, sans le moindre self-control, entament à peine l'ambiance générale. Deux videurs interviennent et les entraînent vers la sortie.
- Ici, c'est tous les soirs, les émeutes.

Gabriel laisse éclater un rire profond, un peu gras.

- Et on te laisse tranquille, toi, ici ?
- Faut bien trouver de quoi se nourrir ...

Dans un geste un peu théâtral, il sort d'une poche un petit sachet de poudre blanche et le jette négligemment sur la table. Deux ou trois gars de la tablée gueulent et l'un d'eux entreprend aussitôt de l'ouvrir et d'en éparpiller le contenu sur la table. Gabriel avale une dernière gorgée de bière et pose la bouteille vide devant lui.

- Bon ... J'crois que j'ai un peu compris le message.
- Tu te casses ?
- C'est ça.
- J'ai un dernier rencard et après j'y vais. Attends avec moi ...
- Non, c'est bon, j'ai ma dose de jeunesse dorée, merci.

Sami insiste d'un petit mouvement de tête.

- Faut que j'aille récupérer ma caisse chez toi.
- T'en as pour une plombe. Attends-moi, je te ramène.
- Je vais rentrer en métro, ça m'ira très bien, là. On se voit demain ou après-demain.

Ils s'embrassent. Gabriel se lève, salue la banquette et se fraye un chemin jusqu'à la sortie. Il rejoint la station la plus proche et après une rapide hésitation, il choisit de prendre le métro aérien, qui arrive dans très peu de temps. Une fois monté à bord, debout, appuyé contre la double porte: il laisse son regard errer au dehors, attentif à l'animation des rues et aux appartements surplombés, dont les façades éclairées laissent voir les intérieurs ... Le ballottement naturel du wagon semble accompagner les divagations de ses pensées. Il descend quelques stations plus tard et s'active en direction d'un train de banlieue, dont le départ est imminent.

Malgré l'heure tardive, la rame n'est pas vide. Ses occupants sont partagés entre somnolence, musique et lectures. Assis à l'extrémité du wagon, seul à un emplacement quatre places, Gabriel observe, dévisage avec attention. Le train s'arrête à une gare, les portes s'ouvrent, l'air frais envahi la voiture ... Au moment où le signal de fermeture des portes retentit, deux adolescents bondissent dans le sas du wagon derrière Gabriel, retenant la porte pour permettre à une jeune fille de monter: Hasna, la vingtaine, brune, taille moyenne, très jolie. Le train repart.

Gabriel tend l'oreille à la conversation qui s'engage.
- Putain sa race, c'était auch !
- Ça va, mademoiselle ?
Hasna ne répond pas.
- C'est pas poli de pas répondre, comme ça. On est gentils, nous et tout ...

L'autre, Redha, rigole, moins sûr de lui. Karim poursuit, confiant en ce qu'il considère comme son charme naturel.
- Faut être aimable, faut pas avoir peur ...
- ... Elle a pas l'air d'avoir peur.

Elle pose sur eux un regard des plus calmes, presque blasé.
- Y en a un qui a une clope pour moi ?

Redha sort aussitôt un paquet de sa poche, le lui donne : elle le prend, sort une cigarette, lui rend. Karim tend son briquet allumé avec un sourire qui se veut charmeur : elle se penche et tire une bouffée. Karim s'en allume aussi une.

- C'est la première fois qu'on se voit ?
- ... C'est quoi vos noms ?
- Redha. Karim.
- Vous êtes quoi ? Cousins ?
- Non, on est frères ... - il rigole, Redha aussi
- ... Non, j'déconne ! ... Tu rentres souvent tard comme ça ?
- Ça dépend.
- T'es d'où ?
- Des Mûriers.
- Sérieux ?!
- Ça m'étonnerait, j'te connais aps ...
- Moi, j'te connais.
- Ah ouais ! ... Tu nous connais mais tu nous demandes nos noms, t'es sûre que tu te fous pas trop de notre gueule ! ...
- Ouais, j'suis sûre.
- Eh c'est bon, puisqu'elle te le dit ...

Karim ne lâche pas Hasna des yeux : elle lui retourne son regard, affirmé et clair. Il fait mine d'être détaché .
- Non, mais j'déconne ... C'est juste que ça m'étonne de pas t'avoir calculée, vu comme t'es belle, tu vois ? ...

Pas de réponse.
- T'avais un rencard ?

Hasna marque un temps, sourit furtivement à Karim et passe sur Redha, avec un peu plus d'attention.

Gabriel s'inquiète légèrement du silence entre eux. De l'autre côté de la cloison, Karim semble à nouveau agacé.
- Putain ! T'es pas très polie, en tout cas ! Jamais tu réponds ?! ...
- Et toi, c'est quoi ton nom ?
- Hasna.
- T'es Marocaine ?

Elle acquiesce, affichant une certaine fierté.
- Vous faites quoi ?
- Rien. On a été galérer sur les Champs ...
L'habitude, quoi ...
- Et toi ? Tu fais quoi dans la vie ?
- Je vais à la fac.
- A la fac ?!
- Ouais.
- Ouais, moi aussi, je voulais la faire la fac.
J'voulais faire sport ! ...

Karim rigole. Hasna écrase sa cigarette. Les haut-parleurs grésillent: une voix annonce la station approchant. Karim et Redha se font signe, ce-dernier revenant sur Hasna.
- Bon ben salut, alors.
- Salut.
- On se fait la bise ?

Il rigole à nouveau et fait mine de s'approcher d'elle, puis revient vers Redha, le prenant malgré lui à parti. Hasna laisse échapper une expression de consternation, qui n'échappe pas à Redha.
- Allez, vas-y, viens ! ...

Le train s'arrête, les portes s'ouvrent : Redha entraîne Karim hors du wagon, alors qu'il se retourne vers elle.
- Eh, te perds pas surtout, hein ?! ...

Hasna les regarde s'éloigner, Redha se retournant à plusieurs reprises, avant de se faire reprendre par Karim. Les portes se referment, le train redémarre. Hasna avance dans le wagon et s'assoit à quelques banquettes de Gabriel, dans sa diagonale. Il la regarde avec attention. L'aplomb d'Hasna fait progressivement place à la fatigue. Elle se reprend lorsqu'elle remarque que Gabriel l'observe.

- On se connaît ?
- Je crois bien.
- T'es le flic ? Le pote des Zenouda ?
- Ex-flic.

Elle répond par une moue circonspecte, fouille dans son sac et en ressort un épais livre, dans lequel elle se plonge. Gabriel sourit, balaye rapidement le wagon des yeux puis laisse son regard se perdre dans la nuit au travers de la vitre.

17.

Gabriel marche rapidement dans une rue dont l'extrémité donne sur le supermarché attenant à la Cité. Un peu rafraîchi par l'air nocturne, il resserre les pans de sa veste contre lui et accélère encore un peu le pas. Il rejoint son véhicule et jette de rapides coups d'œil aux alentours : tout est calme, seul le bruit un peu lointain des ventilations du centre commercial perturbe le silence établi. Il ouvre la portière. Son téléphone sonne, il regarde l'écran qui clignote : Medhi. Il s'installe, referme la portière, pose le portable sur un socle et met le haut-parleur.

- Ouais !?
- C'est Medhi.
- Je sais. Tu dors jamais ?
- Rarement ... Ça va ? La forme ?
- Impecc. J'ai passé la journée avec ton frangin. C'était bien.
- Bien ... J'ai un truc à te demander.
- Vas-y.
- T'es vraiment plus flic, t'es sûr ?

Gabriel marque un temps, luttant difficilement contre l'exaspération qui le gagne.

- Putain ! On va pas revenir dessus tous les jours, bordel ?! ...

Un temps, pas de réponse. Gabriel, extrêmement concentré, ne quitte pas le portable des yeux.

- Ça y est, t'es calmé ?

Gabriel ne répond pas.

- T'es calmé ?!
- Ouais ... Quoi ?
- Retrouve-moi au Havre à dix heures.

- A dix heures ?! ... Du mat' ?!
- C'est ça. Ça va, c'est largeos, ça te laisse facile huit heures ! Quand t'arrives, tu m'appelles et je te dis où me rejoindre.
-... Ok. A tout à l'heure, alors.
- Et amène un ou deux flingues ... Tu dois bien avoir ça.

Medhi raccroche sans attendre de réponse. Gabriel reste pensif quelques instants puis il se reprend et démarre, composant dans le même temps un numéro sur son portable. Le véhicule s'éloigne rapidement, grillant un feu rouge.

Il entre chez lui en faisant le moins de bruit possible et rejoint la cuisine à pas feutrés. Les traits tirés, visiblement ennuyé et en manque de sommeil, il avale un grand verre d'eau pour accompagner les cachets qu'il prend dans un placard. Ensuite, il rejoint la chambre, leur chambre, toujours avec un maximum de précautions. Il passe la tête par l'entrebâillement de la porte, la pousse doucement et esquisse un sourire en demi-teinte à la vision d'Aurore, lovée contre sa mère : toutes deux dorment profondément. Il reste ainsi un long moment à les observer puis referme délicatement la porte. Il rejoint le dressing, allume la lumière et ouvre l'un des panneaux latéraux, donnant sur une penderie: il en sort pull, jean, t-shirt. Sur le point de ressortir du dressing, quelque chose dans le fond attire son attention : derrière des bacs remplis de jouets, il découvre un nombre conséquent de cartons de déménagement, repliés. Il marque un temps, réprime un geste d'énervement, remet tout en place et sort.

18.

Le jour ne s'est pas encore levé lorsque Gabriel (jean, pull à capuche, chaussures de marche) franchit la dernière gare de péage avant d'arriver au Havre. Il rejoint l'aire de stationnement, abondamment éclairée par le flux orangé des lampadaires. L'endroit est tranquille, la circulation quasi nulle. Il fait quelques pas sur place pour se réchauffer, jette des coups d'œil nerveux au poste de police situé à quelques mètres de là et surveille chaque voiture qui s'approche du péage. Un véhicule arrive et s'arrête à quelques mètres de lui. Il hésite : personne ne sort, le moteur continue de tourner. Il se rapproche, la fenêtre passager s'ouvre : échange de mots à couvert puis on lui fait passer un sac de sport. Après un rapide balayage autour d'eux, Gabriel s'en empare et retourne à sa voiture. L'autre véhicule repart d'où il est venu. Gabriel démarre à son tour.

Après plusieurs kilomètres, voyant les premières lueurs de l'aube poindre dans son rétroviseur, il avise une station-service et s'y arrête pour boire un café. Appuyé sur une table haute, contre la baie vitrée donnant sur les pompes, il semble épuisé. Après un court instant, il jette le gobelet et sort. Il rejoint sa voiture, garée sur le parking arrière, à proximité des poids lourds. L'endroit est balayé par le vent et le flot ininterrompu des véhicules sur l'autoroute. Il prend son portable, sélectionne un contact et attend.

- ... (...) C'est moi. (...) Ouais. Non, je suis crevé. (...) La dernière station sur l'autoroute. (...) J'en sais rien, moi. J'suis jamais venu ici. (...) Ouais, j'ai tout. (...) J'ai même un GPS. C'est loin ? (...) Bon, ben si ce truc me paume pas en route, j'arrive. (...) A toute... (...)

Il raccroche, monte dans la voiture et prend la bretelle de sortie de la zone.

En suivant tant bien que mal les consignes du GPS, Gabriel arrive finalement au lieu indiqué: à quelques centaines de mètres d'une route départementale et au bout d'un chemin terreux, se dresse une imposante bâtisse en pierre, avec large dégagement devant et haut mur tout autour. Il s'engage sur la petite route et se rapproche au pas de la maison, jusqu'à s'arrêter à hauteur de la grille.

Le moteur tourne au ralenti.

Gabriel est saisi par la vision qui s'offre à lui : la cour de la villa est envahie par une dizaine de véhicules, dont certains aux couleurs de la police, quelques utilitaires et un imposant camion semi-remorque. La stupeur passée, il s'engage sur le parking et se gare à proximité de la sortie. Il sort de sa voiture, referme la portière sans la verrouiller et remarque un mouvement de rideau à l'une des fenêtres. Il se dirige vers la porte d'entrée, observant au passage les plaques d'immatriculation des véhicules, toutes locales. Il sonne à la porte, attend un court instant: elle s'ouvre. Face à lui se tient le capitaine Dombrowski (la bonne quarantaine, grand, physique lourd), qui lui sourit.

- Lieutenant Ciello ...

Gabriel, immédiatement méfiant, l'interroge d'un mouvement de tête.

- Dombrowski, des stups. Medhi Zenouda nous a parlé de toi, on t'attendait.

- ... J'suis plus lieutenant.
- C'est provisoire ... Mais Zenouda nous a assurés que t'étais réglo.

Il marque un temps, fixant Gabriel avec insistance comme s'il attendait une confirmation. Gabriel, toujours sur la défensive, y répond par le silence. Dombrowski se dégage pour le laisser entrer, ce qu'il fait d'un pas vif. La porte se referme derrière eux. Gabriel est alors introduit dans une grande pièce aux portes ouvertes, où il dénombre une quinzaine d'hommes. Certains fument à une fenêtre latérale. Au fond, Medhi et quelques autres se tiennent à côté d'une grande table couverte de dossiers. Derrière eux, sur le mur, une gigantesque carte détaillée du Havre et de ses environs est punaisée. Medhi le remarque.
- Messieurs !

Tous se taisent et lui portent attention.
- Gabriel ...

Gabriel obtempère à regret et traverse la pièce sous le regard des autres occupants. Lorsqu'il est assez près, Medhi le rejoint et l'embrasse, puis l'entraîne avec lui pour les présentations.
- Tout le monde te connaît déjà, en fait ...
- Tu t'amuses bien ? ...
- Je sais pas encore ... Ça va dépendre ! - il hausse le ton, à l'attention de tout le monde - Bon, on va faire court : Gabriel Ciello, ex-lieutenant et ami d'enfance qui va participer à l'opération.

Chacun y va de son petit mot et/ou geste. Gabriel les salue d'un coup d'œil circulaire appuyé d'un mouvement de tête.

- Gabriel m'a récemment prouvé qu'il pouvait être très efficace. Comme mon associé est retenu à la mairie ...

L'un des hommes présents tique un peu.

- Notre.
- Notre ? ...
- Associé.
- Notre associé, ok. On va pas trop se prendre la tête sur la conjugaison, hein ?

Aucune réaction. Medhi, tendu, tente de conserver son calme.

- Bon... J'vous laisse briefer les gars sur les changements de dernière minute... Nous...

Medhi entraîne Gabriel avec lui. Celui-ci ne quitte pas des yeux le capitaine Jarnelle (la bonne quarantaine, grand, sec, figure autoritaire), qui rejoint Dombrowski devant la carte murale. Ils gagnent l'étage en silence, jusqu'à une chambre. Medhi en ouvre la porte et pousse Gabriel à l'intérieur. Il referme derrière eux, puis fait quelques pas dans la pièce, que Gabriel détaille rapidement : parquet usé et papier peint fatigué, spacieuse, entièrement vide, éclairée par une unique et large fenêtre.

- Alors, ça va ? Bien ?
- C'est quoi tout ça ? Les pits en bas, et les autres gars ?
- C'est l'coup du siècle !
- J't'écoute.

Medhi prend quelques secondes, prépare son effet. Gabriel s'approche de la fenêtre.

- On a un business avec un gars d'ici, un mec important qui a des connections, un mec installé ... Tu vois le tableau ? ...
- C'est qui, on ?
- C'est moi ... Le reste, ça te regarde pas.

- C'est le gars … ?
- C'est personne. Cherche pas, j't'ai dit … T'as pas besoin de tout ça pour faire ton taf …
- J'aime bien savoir pour qui je bosse.
- Ben tu bosses pour moi ! … C'est c'que tu voulais, non ?! Tu m'as suffisamment cassé les couilles pour ça ! …
Gabriel ne bronche pas, il attend la suite.
- C'est bon ?! J'peux continuer ?! …
Gabriel acquiesce.
- Tous les enfoirés que t'as vu là-bas, c'est c'qui fait toute la force du truc. Et encore, ça, c'est que dalle. On a tout le monde avec nous : des keufs, des avocats, des notaires … - l'excitation le fait rire - On a même des maîtres-chiens ! … Et on bosse comme des frères ! … J't'explique ?
- Vas-y.
- Y a cinq, six mois, Jarnelle … Le croque-mort, le blond chelou …
Nouvel acquiescement de Gabriel.
- … En bossant sur une affaire de merde, il a levé une affaire d'arnaque au RMI, un truc de ouf ! Des mecs qui pointent aux allocs et se font un biz de folie avec ça. Ils touchent à tout, tu vois : caisses de luxe, guns, dope, immo … Tout ! De dehors, ils sont dans la merde, mais en vrai, ils kiffent leur vie, grave !
- Et alors ?
- Et alors …
Gabriel lui fait signe qu'il ne voit pas.
- Y'a rien de légal, mon pote ! Aujourd'hui, ils ont tout. Demain, tu leur prends, ils vont aller pleurer chez qui ?
- C'est bon, j'ai saisi ! … J'vois juste pas c'que tu peux en avoir à foutre ! … A part les balancer ou les faire chanter, ce qui est pas

vraiment dans tes cordes ... Tu vas pas les braquer ...

Medhi savoure l'instant, attendant que Gabriel percute.

- Ils peuvent rien faire : on a arrosé tout le monde, ceux qui trempaient et tous les autres. J't'ai dit qu'le mec avait le bras long ... Ce soir, on se fait trente baraques, mon frère ! Le casse du siècle et personne pour en parler !

- Ce soir ?!

- Tu crois qu'on t'a attendu, c'est ça ?!

Gabriel prend le temps de réaliser pleinement la portée de l'aveu de Medhi, puis semble changer subitement de réflexion.

- Je vois pas le rapport avec toi ?

- Quoi le rapport avec moi ?

- C'que tu fous ici ?

Medhi fait quelques pas dans la pièce, en silence.

- ... Ouais, j'sais, y'a un paquet de trucs que tu vois pas ! P't'être que ça viendra. Ou pas. Pour l'instant, on s'en branle.

- Tu les tiens comment ?

- Qui ?

- Tes gars, tu les tiens comment ?

- Ça non plus, c'est pas ton business.

Un temps. Gabriel, perplexe, semble mettre de l'ordre dans ses idées. Medhi l'observe, à nouveau détendu.

- Tu t'attendais pas à ça, hein ?! ... Comme quoi, les keufs sont bien à la ramasse.

- Y a du lourd ?

- Très lourd.

- Et pour le partage ?

- Plus tard.

Gabriel marque un temps, le dévisage avec sérieux.

- Allez, réfléchis pas trop, on a pas que ça à foutre, y'a du taf ...

Il laisse Gabriel le dévisager encore quelques instants puis lui fait signe de quitter la pièce.

19.

Dans la cour de la villa, quelques voitures ont déjà disparu, le semi-remorque est en train de passer la grille, et Medhi, Gabriel, Dombrowski ainsi que Jarnelle sont devant la maison.

Malgré son assurance habituelle, Medhi laisse poindre une évidente jubilation.

- Bon, ben y a plus qu'à se servir !

Les deux officiers de police posent sur lui un regard plein de supériorité, avant de hausser les épaules. Dombrowski porte son regard loin devant lui, sur la silhouette du camion qui s'éloigne.

- De toute façon, dans vingt-quatre heures, c'est terminé ! - il apostrophe Gabriel - Content d'être là, lieutenant ?

- Je me suis mal fait comprendre ?

- Non, non, tout est clair, pas de souci.

Les yeux de Medhi passent rapidement de l'un à l'autre, agacé par leur petit duel.

- Allez, c'est bon, là ! ...

Aucun des deux ne lâche prise, mais Gabriel temporise d'un petit geste à l'attention de Medhi.

- C'est bon.

Medhi hoche la tête, fatigué de ce qu'il considère comme des enfantillages, mais aussi soucieux de la puissance que dégage Dombrowski. Un peu en retrait, Jarnelle enveloppe la scène d'un air condescendant.

- Super ! ... Bon, on se retrouve devant le Carrefour. Allez, à ce soir. Inch'Allah !

Medhi retourne à Jarnelle un regard chargé de ressentiment, salue un peu sèchement Dombrowski et entraîne Gabriel à sa suite.

- Enculé de fils de pute !
- Super relations...
- J'ai jamais pu l'encadrer c'fils de pute ! Il m'cherche, t'inquiète qu'il va me trouver ! ... Tu prends ta caisse et tu me suis. On a du temps à tuer avant.
- Ok.

Chacun rejoint sa voiture. Medhi s'éloigne rapidement, Gabriel à sa suite. De ronds-points en intersections, ils sillonnent la banlieue de la cité portuaire, passant d'une zone d'activités à une autre, jusqu'à stopper devant un pub. Gabriel en pousse la porte en premier, découvrant un endroit tout en longueur et faiblement éclairé. Une station de radio diffuse du jazz. Il y a très peu de clients. Le barman est accaparé par une émission de cuisine du monde que diffuse une tv dont le volume est en sourdine. Medhi entre à son tour et salue le patron d'un petit geste, qu'il lui rend, souriant à l'évidente surprise de son comparse alors qu'il le dirige vers une table au fond.
- Tu connais ?
- Pourquoi? Parce que t'es un rebeu, t'as rien à foutre ici, c'est ça ? T'es bien scotché à tes clichés, toi, hein ?!

Ils s'asseyent.
- Ouais, sûrement, ça cadre pas pour moi, c'est tout.
- Qu'est-ce qui cadre pas ? ...
- Rien, laisse tomber ...

Le patron arrive, d'un pas un peu fatigué.
- Messieurs ...
- Salut Bruno ... Un cocktail. Tu prends quoi ?
- Vous avez quoi en pression?
- Carlsberg, Blanche, Leffe, Heineken. Et une locale. Après, c'est en bouteille.

- Je tente la locale.
- Un cocktail et une locale.
  Il s'éloigne.
- C'est un barge d'émissions culinaires, il prend des notes et tout ... Son cocktail, c'est comme ça qu'il l'a trouvé ... Trop bon !
- Super.
- Qu'est-ce qu'y a ? Tu fais la gueule ?
- Je les sens moyen tes deux flics, là.
- Des keufs, y en a plein sur le coup, j'te l'ai dit. Faudra t'y faire. Et puis comme ça, ça te change pas trop, c'est bien ... De toute façon, la plupart sont à deux doigts de se casser après ça. Ils veulent juste se faire plus de fric avant de partir. Comme toi, quoi ! ...
  Le patron revient avec leurs boissons.
- Merci, Bruno ...
- Merci.
  Il repart vers le comptoir.
- ... Et les deux là, pas besoin d'te faire un dessin, c'est rien qu'des enfoirés de première ! Point barre.
  Gabriel commence à boire, visiblement dubitatif quant aux propos de Medhi.
- Justement. J'vois pas l'idée.
- Oh, tu veux pas arrêter un peu d'prendre la tête ?! C'est quoi ton problème, en vrai, hein ?! Tu crois qu't'es là pour réfléchir à savoir c'qui te plaît ou pas, ou quoi ? T'es là parce qu'y'a besoin d'un gars en plus ... Alors t'arrêtes un peu de m'saouler ! D'accord ?! ...
  Gabriel grogne en signe d'acquiescement.
- ... Et tu m'goûtes ce cocktail d'la mort !
- J'ai ma bière.
- Goûte, j'te dis !
  Gabriel le regarde méchamment, puis obtempère.

- Alors ?

- Il est super bon. La prochaine fois que je reviens par ici, je prends ça...

Medhi sourit en hochant la tête, regarde Gabriel qui attaque sa bière, puis porte son verre à ses lèvres.

20.

La nuit est maintenant bien établie, profonde, arrosée çà et là par les douches lumineuses des réverbères, doucement enveloppée par des sons lointains, étouffés par un très léger vent. Gabriel (muni d'un brassard "police") est avec Medhi. Ils sont garés dans une rue calme, face à une maison de belle taille, un peu à l'écart des autres habitations. Devant eux, se trouve le semi-remorque ; de l'autre côté de la voie, les bouts rougeoyants de leurs cigarettes laissent deviner les occupants de plusieurs véhicules.

Medhi regarde sa montre. Gabriel lui indique l'horloge du tableau de bord.
- C'est pas plus pratique, là ?
- Je m'en cogne. C'est l'heure, on y va.

Dans un même mouvement, ils ouvrent leurs portières en silence, sortent et referment derrière eux. Ils sont immédiatement imités par la demi-douzaine d'hommes des autres voitures. Ils prennent la tête du groupe, tenant leur arme le long de leur jambe. Ils s'approchent de la villa, parviennent au perron. Gabriel temporise, mais Medhi le pousse à continuer sans temps mort : il appuie alors fortement sur la sonnette. Un temps: rien ne se passe. Gabriel fait à nouveau jouer la sonnerie. Quelques instants: une lumière s'allume dans la maison, des bruits de pas se rapprochent.
- Qu'est-ce que c'est ?!
- Police. Veuillez ouvrir, s'il vous plaît.
- Qu'est-ce qui se passe ?
- Ouvrez!
- Vous avez un mandat ?

- On est en France. Y'a pas de mandat. Vous avez l'obligation de nous laisser entrer. Veuillez ouvrir votre porte, s'il vous plaît.

L'homme regarde à travers le judas. Gabriel colle sa plaque devant l'œilleton.

- Monsieur, c'est une opération de police, nous devons réquisitionner votre maison. Ouvrez maintenant!

Quelques secondes passent : tous restent silencieux, attentifs, les yeux rivés sur la porte.

Un verrou est débloqué, la clef tourne dans la serrure, la porte s'entrouvre : sur l'impulsion brutale de Medhi, les hommes s'engouffrent dans la maison, le dernier refermant derrière eux, le tout en à peine quelques secondes.

Un peu partout en ville et dans quelques communes avoisinantes, dans une action parfaitement coordonnée, les différentes équipes investissent en quelques heures villas et appartements. Les habitants, bâillonnés et mis à l'écart, sont empêchés de réagir : leurs planques sont rapidement mises à jour, leurs biens réquisitionnés. Les détenteurs de valeurs patrimoniales s'en voient destitués, actes notariaux à l'appui.

La rafle est opérée avec efficacité, voire brutalité. Sans délai, les biens matériels - voitures, mobilier, bijoux, caves, équipements divers - sont entassés dans des camions à destination du port. Armes, drogue, argent et titres prennent une autre destination. Enfoncé dans la capuche de son sweat, Gabriel se perd quelques instants dans la contemplation d'un tableau de valeur.

Dans la villa, sous le commandement de Medhi, tous s'activent.

Des cris étouffés provenant d'une voix féminine se font entendre au premier étage. Medhi, tendu, se tourne vers Gabriel, occupé à vider les tiroirs d'un bureau Second Empire.

- J'y vais, je les flingue !
- On flingue personne.
- Bouge ton cul, alors ! ...

D'un geste rageur, Gabriel retire le tiroir qu'il est en train de fouiller et se redresse de toute sa taille.

- Putain ! Fais gaffe, merde !
- T'es au courant que je peux être reconnu ? Je monte pas, tu te démerdes ! J'suis pas là pour ça !

Medhi sourit d'un air entendu et dégage le pistolet pris dans sa ceinture. Gabriel pose aussitôt le tiroir et dégage son automatique de ses reins. Il extrait la balle de la culasse, retire le chargeur et quitte la pièce, échangeant avec Medhi un regard noir. Il gravit les escaliers quatre à quatre, bouscule des hommes chargés d'un imposant équipement de home cinéma, remonte rageusement un petit couloir, ouvre brusquement une porte et actionne un interrupteur, inondant immédiatement une salle de bain de lumière: les cris cessent. A ses pieds, un couple d'une cinquantaine d'années, ligotés, en sous-vêtements et une fillette d'environ dix ans, le regardent, paniqués. La femme s'est partiellement dégagée de son bâillon.

Gabriel s'approche vivement du couple, arme au poing, créant un mouvement de panique et de nouveaux cris étouffés. Il se penche sur la femme et remet brutalement le bâillon en place. Bouillonnant de colère, transis d'ondes de violence, il regarde nerveusement dans le couloir puis revient sur eux.

- Putain, c'est pourtant pas compliqué de la fermer, de rester silencieux ! Suffit de pas faire de bruit ! De rien dire, de pas hurler à la mort, bordel !

L'homme et la femme le regardent, suppliants. Une attitude qui décuple son exaspération. Il braque alors son arme sur la jeune fille, sans la regarder.

- J'entends encore un son, elle y passe ! - il arme le chien du pistolet. - C'est clair ?!

Le couple affirme son obéissance par des sons plaintifs. Gabriel quitte la pièce et referme derrière lui en éteignant. Il s'adosse au mur, s'accordant quelques secondes pour reprendre ses esprits, réguler son rythme cardiaque et respirer normalement. Apercevant par l'entrebâillement d'une porte quelques-uns des hommes occupés à faire le ménage, il remet en place le chargeur et fait monter la première balle.

Medhi déboule.

- Qu'est-ce que tu fous ?! Tu leur chantes une berceuse ?!

- Ta gueule ! C'est bon, c'est réglé !

- Me chauffe pas mon pote, c'est pas le moment !

Gabriel se redresse. Ils échangent un regard tendu, puis Gabriel se détourne, prêt à redescendre. Le visage de Medhi se détend, laissant poindre un léger sourire.

- On a pas fini, viens avec moi.

Un petit temps d'observation : Gabriel acquiesce et le rejoint. Ensemble, ils traversent la maison, de plus en plus vide, jusqu'à se retrouver dans le jardin. Medhi allume une lampe halogène et la braque sur la masse d'un imposant garage, qui se dégage alors de la pénombre. Il en ouvre en grand la porte coulissante. Gabriel est stupéfait : face à lui, se trouve un très impressionnant Offshore, aux couleurs vives, flambant neuf.

- Il est beau, hein ?
- Sûrement, si on aime les monstres ...
- C'ui-là, il est pour moi.
- J'te rappelle où t'habite ?
- T'inquiète ... Je sais où j'habite ...
  Medhi dévisage Gabriel, qui ne relève pas.
- Qu'est-ce que tu vas en foutre ?
- T'occupes ... Va prévenir le gars du semi.

  Gabriel marque un temps, jette un dernier coup d'œil à l'Off-shore puis s'éloigne en hochant la tête. Derrière lui, dans l'axe de la proue, Medhi contemple sa prise.

21.

Quelques heures plus tard, sur le parking d'un supermarché, quelque part dans une zone d'activités : un léger vent balaye l'espace immense entouré de champs. La nuit noire met en valeur les néons des enseignes. Les ventilateurs des aérations rivalisent de bourdonnements. Au centre de la zone de stationnement se trouvent plusieurs semi-remorques, de nombreux utilitaires et quelques voitures. Assis sur le capot de l'une d'entre elles, quelque peu refroidi par la température nocturne, Gabriel observe Medhi qui paye les chauffeurs et donne les dernières directives, épaulé par Jarnelle et Dombrowski.

Et tous de reprendre la route.

Le convoi roule maintenant à grande vitesse sur une route déserte, dans un alignement parfait. Il quitte bientôt l'axe principal pour s'engager sur un chemin assez terreux, ralentissant à peine. Les phares puissants des camions révèlent bientôt les masses de plusieurs hangars côte-à-côte, vestiges d'un camp militaire aujourd'hui abandonné. Les véhicules franchissent une grille grande ouverte, près de laquelle un homme salue à leur passage.

Le déchargement des utilitaires se déroule avec une efficacité redoutable, à l'image d'une manœuvre maintes fois répétées, avant qu'ils ne reprennent la route, accompagnés par la quasi-totalité des voitures et laissant derrière eux Medhi, Gabriel, Dombrowski et Jarnelle qui les suivent des yeux un moment avant de s'en détourner, regagnant un hangar tout proche, dont les battants métalliques grands ouverts laissent entrevoir plusieurs semi-remorques. Jarnelle entre en dernier et actionne le mécanisme de fermeture.

Les battants s'entrechoquent : un puissant bruit résonne dans l'entrepôt. Gabriel se retourne et se fige brusquement: à quelques mètres de lui, Dombrowski le fixe, son arme braquée sur lui. Jarnelle et Medhi sont à ses côtés. Il pose un regard des plus inquiets sur ce-dernier.

- Wow, attends-là ! C'est quoi le délire ?!

D'un geste quelque peu dépité, Medhi lui signifie que ce n'est pas de son ressort. Dombrowski fait un pas un avant.

- Eh gamin ! J'crois que c'est à moi que tu dois poser la question ...

Gabriel reste fixé sur Medhi, qui soutient son regard le plus tranquillement possible.

- Il est sourd, le petit lieutenant ?

Gabriel revient sur Dombrowski, les yeux habités d'une lueur incandescente.

- Et ouais ... Qu'est-ce que tu veux, c'est comme ça, chacun ses ordres ...

Le capitaine guette une réaction de Gabriel, qui s'impose de rester imperturbable.

- ... Maintenant, donne tes flingues !

Gabriel marque un temps, regarde de nouveau Medhi, avec dégoût, puis obtempère. De la pointe de son arme, Dombrowski lui indique une petite pièce sur le côté. Il obéit, sans le quitter des yeux. Tous entrent.

Le mobilier, couvert de poussière, a été repoussé contre le mur du fond. Au milieu, se trouve une chaise en fer, soudée dans le béton, agrémentée de deux paires de menottes usagées. De part et d'autre, le sol est parsemé de traces et tâches diverses. Jarnelle le pousse vers la chaise. Gabriel résiste : un coup sec dans les reins le fait plier. Il se retourne et atteint Jarnelle au visage. Celui-ci lui retourne le coup, violemment, le faisant reculer contre la chaise, puis le maintient assis et referme les menottes sur ses poignets. Gabriel se débat à nouveau, distribue quelques coups de pied à l'attention de Jarnelle et Dombrowski, qui s'est rapproché, puis se calme, les poignets meurtris par ses gesticulations.

Medhi, légèrement en retrait, s'applique à afficher assurance et contenance en réponse à la colère de Gabriel, dont la hargne envers les deux policiers semble ne pas vouloir se tarir.

- Putain de bordel de merde ! C'est bon là !? Vire les bracelets, putain !

Jarnelle l'ignore et prend du recul. Dombrowski range son arme.

- On est pas trop sûr pour ta démission. On trouve ça bizarre. Zenouda, lui, on sent qu'il veut y croire. Mais maintenant, on va quand même s'assurer que c'est pas des conneries ... Alors ?!

- Tu lis pas la presse, toi !? Tu te fous de ma gueule ?! Appeler mon capitaine, ça t'a pas effleuré ?!

- Il est en mission en ce moment, c'est pas l'idéal pour le joindre ! ... Et sinon, les autres qu'on a eu confirment ta mise à pied et c'est tout ! Donc le seul truc qui ressort, c'est que contrairement à c'que t'arrêtes pas de dire, t'es toujours chez nous à l'heure qu'il est ... Même Zenouda, ça l'a fait chier d'savoir ça ...

Medhi reste impassible.

- Espèce d'enculé, va ! Tu vas me dire que t'as pas entendu parler de ma dém, peut-être ?! Tout le monde sait que j'me casse !
- Pour l'instant, rien d'officiel ...

Dombrowski s'empare d'un gros bottin et se rapproche doucement.

- Ah, putain! ...

Il tente machinalement d'éviter le coup. Dombrowski le frappe brutalement à l'épaule. Il serre les dents, gère la douleur, accroche Medhi du regard.

- ... La lettre, j'l'ai posté avant-hier. Fallait m'dire que tu voulais une copie !

Le bottin s'abat une deuxième fois, exactement au même endroit, lui arrachant un cri de douleur.

- ... Putain, mais c'est pas vrai ! Qu'est-ce que ça peut te foutre, en plus ? T'es pas flic, toi ?! Ça t'empêche d'être un enculé ?! Alors, c'est quoi ton problème ?!

Le bottin s'abat une troisième fois, toujours au même endroit: Gabriel chancelle un peu. Dombrowski se place juste devant lui.

- Je crois que t'es juste une petite merde qui veut nous infiltrer.

Et de lui balayer le visage d'un grand coup d'annuaire : la tête de Gabriel est violemment ballottée de part et d'autre, avant de retomber mollement vers l'avant. Il est inconscient. Le policier se retourne vers son coéquipier.

- Réveille-moi ce petit con.

Jarnelle s'approche de Gabriel et lui passe un petit flacon de sels sous le nez. Dombrowski en profite pour porter son attention sur Medhi, qui n'apprécie pas la chose.

- Quoi ?!
- Peut-être que t'y passes juste après.

- Je t'emmerde !
- Je déconne ! ...
  Il refait face à Gabriel.
- J'suis désolé, j'ai besoin d'être sûr.
  Il lui assène un puissant coup de poing dans le ventre : Gabriel hurle en se pliant en deux et vomit.

L'interrogatoire se poursuit encore un peu, Dombrowski s'imposant une violence pondérée. A priori convaincus par l'alternance de colère et de mutisme de Gabriel, les deux policiers finissent par quitter la pièce et le laisser aux bons soins de Medhi, lui aussi épuisé, mais tranquillisé. Lorsqu'ils sortent à leur tour du bureau, Jarnelle est occupé à fermer une sorte de soute encastrée dans la dalle de béton et Dombrowski fume un petit cigare, assis sur le capot d'une des deux voitures. Medhi s'emploie à soutenir contre lui un Gabriel titubant et nauséeux, le visage meurtri et ensanglanté, sa chemise couverte de traces diverses, de même que son pantalon. Lorsqu'ils passent à proximité de Dombrowski : Gabriel commande à Medhi de s'en rapprocher et marmonne quelque-chose à son attention. Le policier laisse échapper un rictus amusé.
- Rien compris ...
  Gabriel chuchote à nouveau. Dombrowski fait signe à Medhi qu'il n'a encore rien entendu et lui ordonne de s'approcher un peu plus. Alors, dans un furieux effort, Gabriel se redresse, agrippe la cravate de Dombrowski et l'entraîne brutalement vers le bas, amenant sa tête à violemment percuter l'arrête du pare-brise de sa voiture. Tous deux tombent lourdement au sol. Medhi, nerveux, hésite à intervenir. Jarnelle le rejoint et se penche sur Dombrowski.

- Fallait bien que ça arrive un jour.
- Il est pas mort ?!
- Evidemment qu'non ! ... Bon, cassez-vous. Vaut mieux que vous soyez plus là ...

Medhi hésite encore. Sur le côté de la voiture, Gabriel, râlant, tente de se redresser par lui-même.

- Ok.

Jarnelle acquiesce et aide Medhi à traîner et installer Gabriel sur la banquette arrière de sa voiture.

Il démarre rapidement, avec pour seule motivation de multiplier les kilomètres entre eux et les policiers. Peu à peu, bien que concentré sur la route, les traits de son visage se relâchent : l'énorme tension qui pesait sur lui l'abandonne. Il se laisse aller à un large sourire qu'il a du mal à contenir.

- On est bon, mon pote ! On est des bons ! On est trop des bons ! ...

Il pose un regard rayonnant sur Gabriel, inerte sur la banquette arrière, puis il poursuit sa route.

22.

Lorsque Gabriel émerge de son profond sommeil, il se sent on ne peut plus pâteux. Les traces de coups sont encore présentes mais un peu atténuées, d'importants cernes bordent ses yeux fatigués. Il se retourne, gémit un peu, endolori, découvre avec stupeur la pièce qui l'entoure puis repousse la couette, mettant ainsi à jour bandages et larges ecchymoses. Il regarde alors à nouveau autour de lui, avec un peu plus d'attention : c'est une pièce de taille moyenne, contenant très peu de mobilier et de nombreux cartons. La fenêtre est ouverte, laissant entrer les bruits feutrés de l'extérieur ... Il se redresse, l'air contrit.

Presqu'aussitôt, la porte s'ouvre doucement, découvrant la tête de Samuel (la vingtaine, corpulence fine, cheveux bouclés, petite barbe). Constatant le réveil de Gabriel, il affiche un large sourire et ouvre en grand.

- Medhi ! ... Salut.

Gabriel hoche la tête à son attention, méfiant. Medhi apparaît dans l'entrebâillement. Samuel le laisse passer.

- Hey ! Salut beau gosse ! Ça va ?! Bien ?!
- Tu peux ne pas hurler ?
- C'est parce que j'suis trop content d'te voir ! ... C'est bon ? T'es réveillé, alors ?
- J'sais pas ... J'crois ...
- Tu crois ? ...
- On est où, là ? C'est quoi l'histoire ?
- T'es chez moi. C'est l'ancienne chambre de Fatia, tu reconnais pas ?

Gabriel jette un coup d'œil circulaire.

- Non ...

- C'est parce que maintenant on s'en sert pour stocker, comme tu vois ...
- J'suis arrivé comment ?
- J't'ai ramené. Tu te rappelles pas ? T'as séché c'gros fils de pute de Dombrowski et depuis, Samuel s'occupe de toi.

Il se tourne pour découvrir Samuel, qui se rapproche, amical.
- Re.

Gabriel le regarde avec attention.
- C'est pas toi qui retape les caisses ?

Samuel jette un regard étonné à Medhi, qui sourit largement.
- Incroyable ? Tu perds jamais le nord, toi, hein ?! ... Ben comme tu vois, il est pas qu'mécano, il est infirmier aussi !

Gabriel acquiesce mollement, tandis que Samuel prend la pose avec une fierté amusée.
- T'en fais des trucs, toi !
- Ouais, il est indispensable.

Medhi sourit largement à Samuel, qui le lui rend.

Gabriel pose des yeux lourds de fatigue sur eux deux.
- Ok ... J'suppose que je dois t'dire merci, alors ...
- Non, suppose pas. En plus, je le fais pas pour toi. - il se tourne vers Medhi - Je repasse tout à l'heure ... - puis vers Gabriel - Ce serait bien que tu manges.

Gabriel acquiesce. Samuel salue Medhi et quitte la pièce.
- C'est un chouette gars ...

Gabriel s'est détourné et cherche du regard ses affaires, qu'il avise, suspendues à un cintre, lavées, repassées: il se lève, pas très assuré.

- ... Qu'est-ce que tu fous ? Tu veux pas rester un peu tranquille ? ...

Gabriel récupère jean, t-shirt et pull, qu'il jette sur le lit, enfile les deux premiers et vérifie aussitôt ses poches.

- Mon portable et mes papiers ? ...

Medhi marque une pause, écourtée par Gabriel lui signifiant qu'il attend une réponse. Il lui indique une petite table.

- ... A côté, dans la boîte ...

Gabriel ouvre une vieille boîte marocaine en fer forgé, prend son portable et son portefeuille, en vérifie consciencieusement le contenu. Medhi l'observe, un peu tendu.

- ... Tu fais quoi, là ?

- Attends ... T'as bien laissé un gars me démonter sans bouger ? ... Et maintenant tu fais clinique, c'est ça ?

- Ils voulaient être sûrs.

Gabriel le regarde avec dureté. Medhi soutient son regard.

- Tu crois que j'suis désolé et que j'vais m'excuser, ou quoi ?! ... T'as rêvé, alors ! Les règles, tu sais c'que c'est, non ?! ... Alors, arrête de me casser les couilles, ok ?!

Gabriel réfléchit, hésite, range son portefeuille dans la poche arrière de son jean, s'assied sur le bord du lit : il frissonne.

Un temps.

- ... J'ai les crocs.

- Et ben voilà ! ... Bouge pas, je reviens ...

Il passe la porte, qu'il laisse légèrement entrouverte.

Gabriel soupire, se lève, ferme la porte, reviens vers le lit. Il déverrouille son téléphone et lance un appel.

23.

Assis côté passager d'une BMW flambant neuve, Gabriel regarde son quartier défiler derrière la vitre, jusqu'à l'arrêt total du véhicule, à quelques mètres de sa maison. Il sort, adresse un signe amical au chauffeur et referme la portière. La voiture redémarre aussitôt.

Il attend quelques instants : tout en lui exprime la fatigue et la préoccupation. Enfin, il se décide et rejoint sa maison.

Il entre, écoute : tout est calme. Il referme et avance.

- Alice !? ... Alice !? ...

Seul le silence lui répond.

A pas mesurés, il marche en direction du salon: la pièce est extrêmement bien rangée, mettant en valeur les nombreux vides qui marquent la plupart des étagères. Il encaisse, puis, abattu, se laisse choir sur le canapé, où, roulé sur le côté, il s'endort.

Plusieurs heures s'écoulent.

Gabriel dort toujours, à poings fermés, replié sur lui-même.

Debout près de la table basse, Alice l'observe avec attention, visiblement affectée. Ses traits sont tirés. Gabriel bouge un peu, se retourne: sa main heurte le bord de la table. Il se réveille avec un rictus de douleur et remarque tout de suite sa femme. Il se redresse aussitôt. Un sourire de profonde affection, de soulagement, se dessine sur son visage. Elle le lui rend.

- T'as eu mes messages ? Ça va ?

- Ça va ...

- ... Je m'excuse. Pardon.

D'un geste, elle lui signifie que ce qui est fait est fait.

- Qu'est-ce qui s'est passé ?

- ... Je te l'ai dit : un accident, sur un chantier ... Aurore n'est pas là ?

Un temps.

- Ça marche plus, Gabriel ... C'est plus possible, pas comme ça ...

- Pas maintenant, s'il te plaît ...

- T'as pas donné de nouvelles pendant trois jours ... Je sais pas où t'es, je sais pas ce que tu fais ... T'as vu dans quel état t'es ?

Ils se dévisagent en silence.

- Je te l'ai dit, je suis désolé.

- ... J'ai appelé ton service. On m'a dit que t'avais démissionné... J'suis un peu passée pour une conne.

Les larmes lui montent aux yeux. Il la regarde, mal à l'aise, lui fait signe de s'approcher.

- Tu me laisses un tout petit peu de temps et je t'explique. D'accord ? ...

Alice secoue doucement la tête.

- Aurore est chez mes parents. Et mon père a contacté son avocat ...

Gabriel semble anéanti.

- Appelle-la, demain. Je crois qu'elle est inquiète.

Il acquiesce, sans voix.

Alice ne sait trop où poser ses yeux, revient sur lui : échange de regards nourris d'amour, de tristesse et d'incompréhension. Elle se détourne, fait demi-tour et quitte la pièce. Gabriel reste immobile sur le canapé, les yeux dans le vague.

La porte d'entrée s'ouvre, et se referme dans un claquement sinistre.

24.

Du temps a passé, quelques jours, quelques semaines ... Gabriel est assis à la grande table du salon, appliqué à fournir un important rapport écrit. Ses ecchymoses ont considérablement diminué, ses traits sont sévères : il est très concentré. De nombreux dossiers sont répartis autour de lui.

Pour sortir, ne pas se cogner aux parois des souvenirs, des envies, des déceptions, il se rend au club de tir. Un bon nombre de stands sont occupés. L'endroit résonne de détonations et autres bruits de douilles qui tombent au sol. Gabriel tire, consciencieusement.

Son visage n'est presque plus marqué.

Un week-end. Au volant de sa voiture, Gabriel glisse le long d'un trottoir et finit par s'immobiliser. De l'autre côté de la rue se trouve une propriété cossue, ceinte d'un épais mur et agrémentée d'un petit parc.

Il s'observe via le rétroviseur interne : les traits de son visage ne comportent plus la moindre marque mais dénotent une certaine anxiété. Il pianote sur son portable.

- (...). C'est moi. Je suis là. (...)

Il raccroche, jette un coup d'œil sur la grille, se dévisage à nouveau, se détend un peu, puis sort du véhicule sans quitter la grille des yeux. Tout est tranquille. Un petit sourire vient éclairer son visage. La grille s'ouvre : Alice apparaît, posée, fatiguée. Elle tient Aurore par la main, dont le visage est barré d'un sourire un peu timide.

Gabriel traverse : Alice lâche la main de sa fille, qui hésite puis court se réfugier dans les bras de son père. Il la réceptionne, la maintient un instant serré contre lui puis se redresse en la portant.

- Ça va, ma puce ?

Aurore acquiesce, radieuse, tandis qu'il regarde Alice par-dessus l'épaule de sa fille.

- Et maman ? Elle va bien, elle ?

Alice lui rend son regard, un peu sur ses gardes.

- Ça va ?

- Et toi ?

- ... J'ai connu mieux.

Alice sourit maladroitement, regarde vaguement autour d'elle, revient sur lui, qui ne la quitte pas des yeux.

- On pourrait peut-être discuter, non ?

- Non, pas maintenant ...

- ... Et avec ton père ? C'en est où ?

Alice lui fait signe de ne pas poursuivre. Gabriel jette un coup d'œil à sa fille, attentive, puis revient sur sa femme, avec un peu plus de tension dans le regard.

- C'est peut-être avec lui qu'il faut que je discute, c'est ça ?

Alice renouvelle sa supplique, tendue. Il regarde à nouveau Aurore, puis Alice, avec douceur.

- ... On va au parc.

- D'accord ... A tout à l'heure ...

Elle le remercie en silence puis se rapproche d'eux et passe une main dans les cheveux de sa fille. Gabriel ne bouge pas, profite de ce contact furtif.

- A tout à l'heure ma puce ...

Aurore hoche vivement la tête avant de se blottir tout contre son père. Nouvel échange de regards avec Alice, puis il traverse dans l'autre sens, ouvre la portière arrière, installe Aurore sur le siège enfant, ferme la portière et rejoint l'avant du véhicule.

La voiture démarre, s'éloigne.

Alice ne la quitte pas des yeux, troublée.

25.

En pleine forêt, Gabriel court, avec concentration, détermination. Sa foulée est stable, régulière. Au terme d'un sprint final, il rejoint un petit parking à proximité d'un étang. D'autres voitures y sont garées. Un homme est adossé à l'une d'entre elles : le capitaine Perrot. Gabriel l'ignore, s'approche de sa voiture, ouvre son coffre et en sort serviette et bouteille d'eau. Perrot le rejoint, jetant quelques coups d'œil tout autour d'eux. Gabriel boit sans se préoccuper de lui.
- Vous avez raté quatre rendez-vous, lieutenant.
  Pas de réponse, ni réaction.
- J'ai presque failli croire qu'on vous avait perdu ...
  Gabriel pose sur lui un regard dédaigneux.
- ... Heureusement que votre rapport répare le reste. Beau travail. Très complet. Même si je pense que nous pourrions rediscuter de certains détails ... Mais bon, vous en avez bavé, c'est une mission compliquée ... Passons sur le reste pour le moment ... Comment va votre famille ?
  Gabriel boit quelques gorgées.
- Je sais que cela vous complique la donne mais je suis convaincu que cela s'arrangera avec le temps, vous verrez ... Il faut aussi se mettre à leur place ...
  Gabriel secoue la tête, avec un mépris amusé. Il rejoint l'avant de son véhicule. Perrot le suit, un peu en retrait.
- Vous savez bien que votre démission n'est pas acceptable, alors gueulez un bon coup si ça

peut vous faire du bien, mais dites quelque-chose, lieutenant.

- J'ai déjà dit ce que j'avais à dire.

- Non, pas tout. Mais je vous laisse deux jours de plus pour méditer tout cela. Je vous appelle après-demain pour votre entretien. Cette fois, soyez joignable.

- Je me fous de votre entretien, vous avez tout ce qu'il vous faut !

- D'abord, je n'ai pas tous les noms, parce que vous ne les avez pas. Ensuite, ce que je veux, c'est un flagrant délit ...

- Démerdez-vous, ça vous regarde !

- Allez-y doucement sur les familiarités, lieutenant ! Je ne suis pas l'un de vos copains de banlieue, moi ! Dites-moi : c'est quoi en réalité, votre problème ?

- Il n'y a pas de problème : je vous ai donné ce que vous vouliez, le reste ne dépend pas de moi, c'est tout.

- Vous savez très bien que c'est faux, vous êtes le mieux placé pour la suite. Malgré les désagréments rencontrés et dont vous vous êtes pas mal sorti au final, les circonstances restent idéales ... C'est votre femme alors, et votre fille ?

Gabriel temporise.

- C'est la priorité.

- Alors dans ce cas, on va jusqu'au bout.

Gabriel regarde autour d'eux, sans vraiment rien accrocher.

- Vous voulez qu'Aurore croise un de ces types dans six, dix ans ?

- ... Si c'est pas eux, ç'en sera d'autres.

- Et vous serez à ma place pour envoyer un gars comme vous faire ce boulot.

Gabriel hausse les épaules, fait quelques pas sur place.

- Vous êtes bien en place, maintenant ? Ils vous font confiance ?

- J'espère ... Parce que la prochaine fois, je cogne en premier.

- Bien ... Il me faut un flag. Et un truc avec les grosses huiles, pas les garçons de course.

- ... Y a p't-être un Go-Fast. Je suis pas encore dessus, mais j'ai vu les caisses. C'est les frères Zenouda qui s'en occupent.

Perrot ne semble pas plus intéressé que ça.

- ... D'accord ...

- Ça veut dire quoi d'accord ?

- Faites en sorte d'être dessus. Donnez-moi le haut de l'échelle. Et ne manquez plus de rapport.

Il le salue d'un mouvement de tête et regagne sa voiture. Gabriel, perplexe, le suit des yeux tandis qu'il s'éloigne.

26.

Une ville de banlieue, populaire. Gabriel arpente une rue plutôt large, animée (garage, supérette de quartier, magasins divers), avec piétons et circulation correspondants. Il marche tranquillement, perdu dans ses pensées. Il longe un pan de mur, passe à côté d'une large porte à doubles battants ouverte sur une arrière-cour : plusieurs hommes typés Europe de l'est déchargent une camionnette, portant les cartons dans l'arrière-boutique du petit bazar mitoyen. La scène retient son attention, il ralentit imperceptiblement et laisse échapper un rictus de stupeur lorsque l'un des hommes en entrant dans l'arrière-boutique, laisse entrevoir l'intérieur.

Il avise alors un petit square à quelques mètres et accélère le pas dans sa direction. Il regarde rapidement autour de lui, s'assoit sur un banc et déverrouille son portable.

- (...) Sami, c'est Gabriel. (...) J'ai un service à te demander. (...) T'es dispo tout de suite ? (...) Ouais. (...) J'ai besoin de toi mais pas seul, amène deux trois gars avec toi, des gros bras. (...) Non, t'inquiète, ça va. Prends des mecs sérieux hein, pas des mômes ... (...) Pas la peine d'alerter ton frangin... Tu me rappelles ? (...) A tout de suite ... Hey Sami ?! Pas de flingue, hein ? C'est juste de l'intimidation, d'accord ? ... (...) Ok, à toute ...

Il raccroche et reprend lentement le chemin de la cour.

Peu de temps après, Gabriel et Sami surveillent l'endroit à partir du trottoir opposé. Ils sont silencieux. A quelques mètres d'eux, légèrement en retrait, trois types assez baraqués attendent, de petites barres de fer en main. Sami se tourne vers Gabriel.

- Vraiment, t'es sûr de vouloir faire ça ?

Gabriel acquiesce.

- Tout le monde le sait qu'le gars il trafique des peaux de chats ! J't'ai dit, y a même des keufs dans la combine ... Ça sert à quoi, en vrai ?

- Sami, j'le fais, c'est tout. Cherche pas ! Avec ou sans toi, mais perso, je préfère avec.

- Je veux juste savoir ce que ça nous rapporte ? Je justifie ça comment, moi ?

- T'as qu'à te dire que tu fais une bonne action.

- Tu m'as motivé, là ! D'un coup !

- J'y vais maintenant. Oui ou non ?

Sami jette un nouveau coup d'œil vers la cour, revient sur Gabriel, lui sourit, sincèrement amusé.

- Ça sert à ça les amis, c'est ça ?

Gabriel prend un petit temps pour le dévisager attentivement.

- C'est toi qui vois ...

Sami adresse un signe discret aux trois autres et tous se mettent en mouvement. En pénétrant sous le porche, Gabriel ajuste son brassard de police et dégage son petit .38 Spécial.

Lorsqu'ils pénètrent dans la cour, deux des convoyeurs sont à l'arrière de la camionnette : ils y sont immédiatement enfermés, les portes bloquées par une barre de fer. Gabriel pulvérise alors la porte à demi fermée, découvrant quantité de peaux de chats étendues dans la pièce. Avant que les deux hommes surpris sur les lieux ne commencent à réagir, il entreprend de réduire le local en pièces, puis, ses acolytes prenant le relais, il se rabat sur les trafiquants avec l'aide de Sami, utilisant pour ce faire tout ce qui lui tombe sous la main, crosse de son arme comprise. Devant la violence employée, Sami, sidéré, tente même de le contenir.

Le bruit et les cris attirent le personnel de la boutique : un homme et une femme, aussitôt repoussés à l'intérieur. Sami sonne alors la fin de l'intervention, obligeant Gabriel, occupé à vérifier fébrilement le contenu des cartons, à quitter les lieux, alors que quelques passants commencent à s'intéresser au remue-ménage.

Ils sortent aussitôt, Gabriel emportant avec lui deux chatons mal en point récupérés au fond d'un carton. Ils traversent rapidement l'attroupement de badauds interloqués, qui s'écarte à leur passage, et regagnent leurs véhicules.

Plus tard dans l'après-midi, alors qu'il fait grand beau temps, la Cité profite du soleil et du calme de la journée : les enfants jouent, les parents déambulent en discutant, aucun trafic en vue. Samuel remonte une allée, les bras chargés de pièces diverses et salue au passage Gabriel, Sami et Medhi, assis à une petite table de jardin installée au pied d'un immeuble, avec vue dégagée sur le terre-plein. En grande forme, ils plaisantent sur l'altercation du matin, Sami mimant Gabriel en train de frapper un roumain.

27.

Au cœur de la forêt, le parking est vide. Gabriel tourne en rond près de sa voiture.

Un véhicule arrive à vive allure : Perrot est au volant. Il se gare, coupe le contact, sort de l'habitacle et rejoint Gabriel sans même refermer la portière.

- Vous vous prenez pour qui, Ciello ?

- Je sais pas. Et vous?

- Ne commencez pas sur ce ton là, vous allez finir par le regretter ! ... Je croyais pourtant qu'on était reparti sur de bonnes bases, la dernière fois, mais vous avez peut-être juste décidé de vous foutre de ma gueule ? ... Vous jouez à quoi avec vos p'tits copains ?

- A rien de particulier. Vous n'aimez pas les animaux, capitaine ?

Un temps.

- Arrêtez de jouer au cow-boy, lieutenant ! Vous êtes en train de perdre les pédales ! Pensez deux secondes à ce avec quoi vous êtes en train de jouer, ça vous calmera peut-être !

- C'est pourtant ça qu'vous vouliez, qu'ils me prennent pour un allumé, un mec borderline ?! ...

- Primo, arrêtez de jouer avec votre brassard ...

- C'est pourtant typiquement ce qui leur plaît ...

- Je me fous pas mal de ce qui plaît à ces p'tits merdeux, votre insigne officiel va finir par nous griller auprès de la presse ! Encore heureux qu'on ne vous ait pas identifié ! ...

- Je vous rappelle qu'il y a des flics impliqués dans le trafic des peaux ...

- Je m'en fous royalement ! Eux au moins n'ont pas le penchant nuisible de vouloir absolument

se faire remarquer par tout le monde !
N'oubliez pas qui vous êtes censé faire
tomber !

- J'essaye ...

Ils passent un court instant à s'observer, se
jauger.

- Calmez votre insolence, lieutenant. Elle ne
vous apportera pas toujours la satisfaction que
vous en attendez, croyez-moi ! Ne vous gourez
pas de camp, vous commettriez une erreur
regrettable ! ... Donnez-moi des têtes et, dans
la mesure de ce qui vous est possible, arrêtez
vos conneries !

Gabriel lui répond par un silence. Perrot
retourne à sa voiture et fait demi-tour. Gabriel
jette un regard amusé sur sa banquette arrière
et se met au volant, puis quitte le parking à son
tour.

Après avoir quelques temps roulé
tranquillement au son de la radio, il voit
maintenant la résidence des parents d'Alice qui
se dessine à travers son pare-brise. Il ralentit et
se gare. Aurore et Alice l'attendent sur le
trottoir : échanges de sourires de part et
d'autre lorsqu'il sort du véhicule. Il ouvre la
portière arrière, se penche à l'intérieur et en
ressort un petit chaton tout noir qu'il présente à
sa fille : Aurore se précipite vers lui et le prend
tout contre elle. Gabriel et Alice échangent un
petit signe de contentement.

28.

De retour à la Cité, Gabriel rejoint Medhi, Sami et quelques autres dans les parkings en sous-sol. Ensemble, ils inspectent les voitures. Les garçons de la Meute tournent autour d'eux, un peu nerveux.

Tous anticipent la réussite de l'expédition à venir, dans une attitude où se mêlent professionnalisme et exaltation enfantine. Gabriel, extrêmement concentré, surveille chaque mouvement, guette chaque information et promène sur les voitures un regard expert.

Un peu plus tard, il observe le terre-plein central depuis le balcon de Medhi, un air de désenchantement sur le visage, et enregistrant des infos : par groupes de deux ou trois, adossés aux murs des immeubles, de jeunes vendeurs écoulent la marchandise des Zenouda, sans grande discrétion. Répartis aux postes stratégiques, les guetteurs surveillent les allers-venues, annoncent les clients, etc ...

Medhi le rejoint : il relâche immédiatement son attention.
- Alors ?
- Ça va, c'est régulier, tout le monde fait son taf.
- P't-être que c'est c'que j'devrais t'laisser faire.
- Quoi ?
- La surveillance.
- P't-être que ça me gonflerait un peu.
Medhi lui tend une enveloppe.
- En parlant de taf...
- ... Qu'est-ce que c'est ?
- Une avance. Le Go-Fast.
Gabriel reste un temps perplexe.

- T'as perdu un chauffeur ?
- Moi, non. Mais y a un groupe de Grenoble qui s'est fait pécho à la frontière.
- C'est récent ?
- Deux semaines.
- ... Et je suis dessus depuis ?
- Quelques jours.
- ... Ok.
  Un temps.
- T'inquiète, j'suis pas tebé, j'vais pas t'mettre au volant d'une de mes caisses ! Toi, t'es en ouverture, tu vois si tout est ok. Quand ils passent la frontière, les gars, tu les tiens plus : l'adrénaline les shoote à mort ... Ils roulent comme des oufs et bam ! ... Ils s'font pécho direct ! ... J'veux pas d'embrouille. Tu s'ras là pour checker la route : frais et sûr ! ... On reste en contact tout du long.
- Un super radar à flics, en gros.
- J't'avais dit qu'j'te mettrais à la surveillance, non ? ...
  Medhi lui donne l'enveloppe, qu'il prend. Côte à côte, ils observent un instant de silence.
- ... T'es resté en contact avec d'autres de l'époque ?
- J'suis pas très contact.
- Tu m'étonnes ! ...
- J'en ai croisé un ou deux sur le net. Un mail de temps en temps, sans plus ... T'es le seul super dealer.
  Medhi rigole.
  Sur le terre-plein, un petit groupe de très jeunes ados rejoint un vendeur, achète la marchandise et repart rapidement.
- Tu vois, eux, ils ont rien à foutre là. C'est pas leur coin.
- Ils sont surtout un peu jeunes, non ?

- Ça, y en a de plus en plus. Ils ont leurs rempas qui galèrent et les grands frères qui gagnent cent fois plus ... Pour eux, on a trop la belle vie ... En plus, eux, ils prennent rien, les keufs les gardent pas ... L'idéal, quoi ...
- L'idéal, ouais ...
- Moi aussi, j'préfèrerais qu'ils fassent des études, mais j'préfère aussi les avoir avec moi que contre, tu vois. Tant que c'est toi qui tiens les rênes, au moins tu limites la casse.
- Leur vendre un peu d'ta merde, ça permet d'éviter la casse ? ...
- Tu viens pas d'me prendre une enveloppe pleine de fric ?! ...

Gabriel fixe l'horizon bouché par les immeubles, le regard un peu vague, perdu dans ses propres contradictions.
- T'as pas encore compris pourquoi je t'ai demander de mater ? ... La came, c'est le truc le plus égalitaire qui soit : tout le monde en prend, toutes les couches sociales, tous les âges ... Et c'est pas près de s'arrêter ! Alors, ou tu captes maintenant ou tu vas pas comprendre c'qui arrive ...

Gabriel hausse mollement les épaules.
- ... Et pour le Go aussi, t'as intérêt à bien ouvrir les yeux, parce que j'pilote une des caisses ...

Gabriel se reprend, laisse échapper quelques signes de surprise.
- Ça va déchirer, moi, j'te l'dis !
- Tu veux pas plutôt que j'te paye un tour de circuit ? Tu fais deux trois boucles et tu rentres au chaud.
- Ben non justement, j'vois pas l'intérêt !
- T'as déjà fait ça ?
- Evidemment qu'non.

Gabriel hoche la tête d'un air consterné.

- C'est pour ça que tu s'ras devant moi.
- N'importe quoi ...
- Quoi ?
- Rien. Juste n'importe quoi.

Medhi sourit. Gabriel reprend son observation silencieuse des allers-venues sur le terre-plein.

- On a rencard dans quatre heures. Tu viens avec nous.
- Ok.

Après l'avoir gratifié d'une tape amicale sur l'épaule, Medhi rentre à l'intérieur.

Resté seul, Gabriel relâche peu à peu son attention et laisse errer son regard : il semble confus, las.

29.

Au sortir d'un petit village de province, une voiture entre dans la cour d'une ferme de belle taille avec dépendances, un sol inégal et boueux, un tracteur dans un coin et les bêlements des moutons parqués dans des granges ouvertes. Gabriel est au volant, Medhi à côté, Sami derrière. Ils se garent et en sortent.

Gabriel fait quelques pas, s'étire et respire largement, fermant les yeux quelques instants. En les rouvrant, il croise le regard amusé des deux frères.

- Qu'est-ce qu'il y a ?!
- Rien. Normalement, on vient que nous deux, mais j'étais sûr que t'aimerais bien ces conneries.
- Quelles conneries ? ...
- La campagne, l'air pur, ces conneries ...

Gabriel répond par un haussement d'épaules. Medhi ne le quitte pas des yeux, avec un air de défi affiché. Sami les observe, amusé, puis se tourne vivement à l'arrivée d'un gros chien de chasse hirsute, qui entreprend de leur tourner autour.

Derrière le chien, un homme s'avance vers eux : il a la soixantaine et l'abord un peu rustre. Sami vient au-devant de lui.

- Eh Henri ! ... Bonjour.

Medhi indique l'homme à Gabriel.

- C'est Henri.
- Ça va, jusque-là, je suis !

Medhi rejoint Henri et Sami : serrement de mains. Après un rapide coup d'œil circulaire, Gabriel prend sa suite. Les frères le présentent à Henri puis les trois hommes prennent le chemin de la grange située au fond de la propriété.

Bruits de chaîne, cadenas qu'on desserre, clef dans une serrure : la porte s'ouvre. Ils entrent. Henri referme derrière eux et actionne un interrupteur: une rangée de lampes-tempête s'allume, découvrant un atelier : cuve de vidange, moteur suspendu par des chaînes, outils divers, établi et nombre d'étagères et autres caisses de rangement.

Henri se dirige vers une grosse et vieille cantine en fer, la dégage, fait jouer le cadenas et l'ouvre en grand. Medhi et Sami se penchent dessus. Gabriel, un peu méfiant, reste en retrait, attentif.

- Voilà. Y a trois exemplaires de chaque. Ils m'ont dit qu'normalement, ils le font pas, mais que comme c'est la première fois ...
- On sait, on sait. On jette juste un coup d'œil.

Intrigué, Gabriel se rapproche. Medhi se tourne, lui présentant un Colt King Cobra usé mais visiblement en très bon état. Gabriel laisse échapper une expression de stupeur, se rapproche vivement de la cantine, regarde le contenu et se tourne à nouveau vers Medhi, tendu. Henri et Sami les observent, le premier avec curiosité, le second avec inquiétude.

- C'est quoi ça ?!
- C'est c'que tu vois. Rien d'autre.
- Et c'est censé servir à quoi ?

Medhi adresse alors à Gabriel un regard empreint de violence contenue, puis se tourne vers Henri.

- Deux p'tites secondes ...

Henri acquiesce, un peu embarrassé. Medhi entraîne sèchement Gabriel, qui le suit à contre cœur : ils s'écartent de quelques pas. Sami ne les quitte pas des yeux.

- J'peux savoir ?!
- C'est ça ton Go-Fast ?!
- Ça et la came habituelle. C'est un extra, une commande spéciale.
- Je convoie pas de flingues.
- Ah ouais ?! Tu convoies pas d'flingues ?!

Excédé, il fait signe à Sami de les rejoindre, ce qu'il fait.

- Notre ami veut bien driver d'la dope mais pas des guns !
- Qu'est-ce que tu fous ?!
- Rien ! Les armes, c'est non.

Medhi se détourne, rejoint Henri et l'entraîne vers la cantine : ils entament les négociations. Sami se rapproche de Gabriel.

- Tu crois qu'on joue ou quoi, là ?! On est pas au rayon bonbon : les fraises j'aime, les bananes j'aime pas ... Qu'est-ce que tu fous, putain ?!

Gabriel reste muet, entêté. Sami observe Medhi, occupé avec Henri puis se tourne à nouveau vers Gabriel.

- Viens !

Il l'entraîne vers la porte. Gabriel résiste un peu.

- Quoi ?

Sami s'applique à se maîtriser.

- C'est bon, viens, j'te dis ...

Gabriel jette un coup d'œil inquiet aux deux autres, occupés à regarder le contenu de la cantine.

- Pourquoi pas ici ?
- Parce que.

Gabriel marque un temps d'hésitation puis acquiesce. Sami fait signe à Medhi qu'ils vont revenir. Ils sortent. Henri suit la manœuvre avec une certaine perplexité.

- Magnez-vous quand même un peu. J'ai pas que ça à faire de mes journées ...

- T'inquiète Henri, on règle juste un détail ... Cinq minutes.

A l'extérieur, Gabriel et Sami se tiennent à quelques mètres l'un de l'autre, un peu énervés, occupés à se calmer.

- C'est quoi ton délire ?!

- ... Je convoie pas de flingues.

- Mais putain, qu'est-ce que ça peut te foutre ?!

- Ça me regarde.

- Non mais t'es ouf ?! T'as pas compris que personne te demande ton avis ?! Tu nous fous dans la merde, là ! ... C'est du biz tout ça : si t'en veux pas, t'as rien à faire ici !

- Depuis quand vous trafiquez là-dedans ? ...

- Ça non plus, ça t'regarde pas ! ... C'est une commande spéciale ... Un p'tit bonus pour la route !

- Arrêtez avec votre commande spéciale, là ! Un bonus ?! ... C'est votre boss mystère qui trempe là-dedans ?

- Eh Gab ! Medhi est sympa avec toi mais le chauffe pas trop, d'accord ?! Ce taf, si t'en veux pas, y en aura d'autres pour le prendre ! ... En attendant, c'est Medhi qui conduit la caisse des guns et comme on y connaît qu'dalle, on veut que ce soit toi qui les checkes ... C'est clair, non ? ...

Gabriel marque un temps, se concentre, hésite.

- C'est qu'un stock des années 80 remis à neuf, numéros grattés. Ils partent direct pour les favelas ... Après la frontière, on en entend plus parler.

- Ben bien sûr ! Pour les favelas ! ... Non, mais tu t'écoutes un peu ?! Ça vous suffit pas, la Cité ?! Vous vous attaquez aux brésiliens, maintenant ! Tu crois vraiment qu'ils t'attendent avec ta pauvre petite cargaison pour se faire la guerre, là-bas ?! ... Ça va vraiment pas chez vous, là-haut, hein ?! ...

Sami s'abstient de lui répondre, l'air grave : chacun se dévisage un court instant.

- Y en a trois dans la caisse. Tu t'assures qu'ils sont en état de fonctionner, qu'il manque aucune pièce. Si c'est bon, on valide la commande et on s'casse ! Et toi, tu touches ton fric.
- J'veux du temps pour réfléchir.
- T'as dix secondes.

Un bruit sourd : la porte de la grange s'ouvre, Medhi apparaît.

- Ça y est, c'est réglé ?!
- Ouais, c'est bon, c'est réglé. On arrive.

Il observe Gabriel. Échange de regards tendus et entendus entre eux deux.

- Magne-toi, putain ! ...

Le visage fermé, Gabriel le fixe encore quelques secondes puis repart vers la grange, Sami sur les talons. Il pousse la porte et Medhi en même temps. Sami referme derrière eux.

Sans regarder personne, Gabriel marche jusqu'à la cantine, en sort un revolver et commence à l'examiner. Les trois autres l'observent en silence tandis qu'il répète les mêmes gestes pour les trois armes et les visées, puis rabaisse le couvercle de la cantine.

- ... Si tout le stock est comme ça, c'est impeccable. Ils sont en très bon état. Les canons sont intraçables. Pareil pour les visées.
- Et ben ! On aurait pu gagner du temps !

Gabriel fait face à Medhi et lui oppose un regard sombre.

Henri s'approche de la cantine et la referme à clef, puis il se tourne vers Medhi.

- Bon, ben c'est décidé, alors ? ...

Medhi acquiesce.

Dans un silence un peu tendu, tous sortent.

Et chacun de prendre place dans la voiture après avoir salué Henri, qui s'éloigne vers la grange aux moutons. Dans l'habitacle, l'ambiance est plutôt tendue. Assis à l'arrière Sami semble attendre l'orage, guettant le moindre signe de colère chez son frère.

- Tu refais plus jamais un truc comme ça.

Gabriel ne répond pas, ne le regarde pas.

- Tu te décides maintenant parce qu'il faut qu'ce soit bien clair maintenant : si tu bosses avec moi, t'écrases ! ...

Gabriel réprime un léger tremblement d'agacement.

- A partir de maintenant, dans ta vie, t'as plus qu'un seul but : faire en sorte que la marchandise passe sans problème. C'est ça le business, c'est clair ?!

- Oh, c'est bon, ça va !

- Je sais pas, justement, j'suis pas sûr !

Gabriel marque un temps et lui fait face, autoritaire.

- Je viens d'te dire que c'est bon.

- T'es prévenu.

Gabriel acquiesce tandis que Medhi met le contact. La voiture démarre dans un soubresaut et quitte la cour de la ferme.

30.

C'est le petit matin, et la maison de Gabriel est entièrement plongée dans la pénombre. Il dort profondément, dans sa chambre. Son réveil sonne : 5h30. Il remue, éteint la sonnerie, se redresse, se tourne un peu difficilement puis se lève et quitte la pièce d'un pas lourd.

Une petite heure plus tard, il est en pleine forêt, en train de courir. Sa cadence est régulière, le souffle maîtrisé ; il accorde peu d'attention à ce qui l'entoure. Au détour d'un virage, il s'engage sur une digue de séparation entre deux étangs : il concentre brusquement son regard droit devant lui, scrute rapidement de droite et de gauche, et ralentit progressivement.

Le capitaine Perrot l'attend au milieu du chemin, tandis qu'il parcourt les derniers mètres en marchant, sans le moindre essoufflement.

- Capitaine.
- Lieutenant.
- Vous tenez la forme.
- J'essaye ... C'est pas après-demain qu'on devait se voir ?
- Si, si, mais je me suis dit qu'en ce moment, ce n'était pas une mauvaise idée de changer ce qui était prévu.
- Comme vous voulez.
- On marche ?
- Volontiers.
- Pas bavard ce matin, hein ?

Gabriel lui répond par un bref sourire un peu crispé. Ils rejoignent lentement l'autre extrémité de la digue.

- Pas eu de changement pour le moment ? Dates, itinéraire ? ...
- Non. Tout est calé. Comme je vous ai dit.
- Impeccable.
- Par contre, il me faut absolument les faux emplacements.
- Je vous ai apporté ça.

   Il sort un papier plié de sa poche et lui tend.
- Vous avez aussi tous les renseignements concernant les voitures factices. Vous êtes vraiment sûr que ça peut marcher ?
- C'est le plus simple et en plus, c'est un bon moyen de les mettre en confiance ...
- Ça permet surtout de les mettre sous pression en leur faisant croire que c'est eux qui maîtrisent, c'est malin ... Ça va nous les gonfler à bloc, les cocos, on devrait les cueillir à point !

   Gabriel esquisse une petite moue perplexe.
- Ratez pas la livraison du Havre ...
- On est pas parti pour.
- Ok. Et après, terminé !
- On en reparlera après-demain, lieutenant.

   Gabriel s'arrête brusquement et retient son supérieur.
- C'est pas une demande que je vous fais. Après ça, vous m'oubliez.

   Le capitaine se dégage de la prise.
- Vous ferez ce qu'on vous dit de faire, lieutenant et vous en serez tenu au courant après-demain. Dans votre intérêt, ne ratez pas le rendez-vous. Sur ce.

   Il salue Gabriel et s'éloigne en accélérant le pas. Resté seul, Gabriel tente de contenir avec peine un énervement grandissant.

31.

Plus tard dans la journée, après avoir une nouvelle fois traversé le terre-plein de la cité, Gabriel retrouve Medhi. De part et d'autre de la table basse du salon, le premier est affalé sur le canapé tandis que le second, assis sur une chaise, est plongé dans la contemplation d'une carte dépliée entre eux, comportant un itinéraire noté à la main. Il semble satisfait.
- Redis-moi : ton contact ... Il est fiable ? T'assures pour lui ?
  Gabriel acquiesce avec sérieux.
- Tu l'apprends par cœur et tu le brûles.
- C'est déjà fait.
- ... T'es sûr de toi ?
- J'en ai marre de tout dire deux fois.
- Ok ! On sort, alors.
  Il replie la carte et se lève. Gabriel est pris de court.
- Ok.
- Je reviens.
  Il quitte la pièce. Gabriel reste assis, indécis. Un temps. Medhi revient.
- Tu viens ?
- J'arrive.
  Il se lève, encore un peu hésitant.
- Qu'est-ce qu'il y a ?
- Rien. J'me demandais juste ... J'ai jamais vu ta femme et ton fils ...
- Et ?
- Ben rien, tu m'demandes ...
  Il sort du salon, Medhi jette un coup d'œil dans la pièce et le suit.
  Rapidement, ils sortent de l'immeuble et se dirigent vers le centre du terre-plein. Arrivant

en sens opposé, Hasna passe à proximité d'eux. Medhi ne la quitte pas des yeux.

- Hasna !

La jeune fille se tourne vers lui et l'interpelle d'un mouvement de tête.

- Viens voir.

Elle les rejoint.

- Gabriel, Hasna. Hasna, Gabriel.

Hasna et Gabriel échangent un petit signe de tête.

- Ça va les études ?

- Ça va.

- Hasna est à la fac, c'est une tête ! ... Et elle demande jamais rien à personne. Elle fait ce qu'elle a à faire de son côté ...

- Faut que je rentre ...

- Dis bonjour à ton père de ma part. Et si vous avez besoin de quoi que ce soit ...

- On a tout ce qu'il faut. Merci.

- T'hésites pas en tout cas.

Elle le remercie d'un bref mouvement de tête, un peu sec, et s'éloigne sous le regard de Medhi. Gabriel observe, attentif.

- J'l'aime bien, mais elle se la raconte un peu trop.

- J'imagine que c'est pas forcément évident d'être une nana ici ... Surtout quand t'es jolie ...

- Justement, vaut mieux éviter de trop s'la jouer solo, c'est pas très sage ...

Gabriel ne répond pas, il jette un coup d'œil circulaire : le terre-plein est plutôt désert.

- C'est moi ou c'est vachement calme aujourd'hui ?

- C'est toi ...

Il sort une enveloppe et la lui tend.

- Qu'est-ce que tu fous ?

- Le gars qui t'a filé la carte. Oublie pas que t'es son garant.
- T'es obligé de me filer ça, là ?
- T'arrêtes de psychoter un peu … Et puis, tu viens d'le dire, y a personne !

Gabriel prend l'enveloppe, nerveux. Medhi passe un bras amical autour de ses épaules et le maintient quelques instants serré contre lui, se délectant de la gêne de Gabriel.

32.

De retour dans la forêt ; il pleut à verse. Il n'y a que deux voitures sur le parking : celles de Gabriel et du capitaine Perrot, dans laquelle ils se trouvent. Leurs silhouettes se devinent à travers les vitres ruisselantes : la conversation est visiblement agitée.

Perrot est au volant, Gabriel à ses côtés, tous deux le regard tourné vers l'extérieur. Au milieu, l'atmosphère est électrique. Gabriel contient difficilement son exaspération.

- Je vais vous le répéter jusqu'à ce que ça rentre : après l'opération, c'est terminé pour moi!

Perrot marque un temps puis se tourne brusquement vers lui.

- ... Vous vous prenez pour qui, à la fin ?! J'en ai rien à foutre de vos problèmes familiaux. Votre femme s'est barrée ! Et après ?! Vous croyez que vous êtes le premier ?! Vous êtes en mission et vous êtes sous mes ordres et ce n'est ni la première ni la dernière fois que ça arrivera, donc lâchez-moi avec vos états d'âme et faites votre boulot !

- Sans moi, vous n'avez rien ! Medhi Zenouda peut tranquillement continuer son business !

- Zenouda, je m'en fous : son business est autant à lui qu'au prochain ! Celui que je veux, c'est celui qui tient le réseau et sur qui, pour l'instant, vous n'avez pas la moindre information ! ... Quant à vos relations avec Medhi Zenouda, elles sont la base du pourquoi on vous a mis là ! On ne va pas réexpliquer le principe de votre mission, non ?! Vous vous souvenez encore un peu que vous êtes flic ?! ...

- Je fais qu'ça de m'en souvenir ! C'est pas faute de croire que je dois être le seul.
- Lieutenant !
- Ma mission, c'est les frères Zenouda, le reste, ça vous regarde !
- Arrêtez de faire votre surpris : on ne va pas mettre en branle tout ce dispositif juste pour ces deux mariolles. Vous avez confirmé ce qui était annoncé, donc on poursuit et on va jusqu'au bout !
- On ?!
- Vous croyez sincèrement qu'il n'y a que vous qui mouillez la chemise ?! Je sais que c'est vous qui êtes sur le terrain, c'est pour ça qu'on vous paye d'ailleurs, rappelez-vous en par moments ! ... Vous me fatiguez, Ciello ! ...
    Gabriel ne le quitte pas des yeux, il attend la suite.
- J'ai espéré qu'il soit à la réception des armes : on le serrait et c'était fini pour vous. Malheureusement, ce n'est pas le cas ! Je ne vais pas me mettre à chialer pour autant et vous non plus ... Donc ...
- Vous allez finir par me dire qui c'est ?
- Le capitaine Fontana, des stups du Havre. Ex garde du corps personnel du chef de la diplomatie, marié à la fille d'un ancien directeur général aux affaires sud-américaines. Un vieux fauve et il vous aurait reniflé tout de suite si je vous avais directement envoyé dans ses pattes. C'est lui qu'on veut et pour une fois, on est bien parti pour ... Tant qu'on ne l'a pas, vous êtes toujours en mission.
- Un flic ?! Vous me mettez sur une affaire d'IGS et vous dites rien ?!
    Perrot ne répond pas.

- ... Et vous vous imaginez qu'il va me confier le job des Zenouda, surtout quand il saura que je suis de la maison ?

- Bizarrement oui, c'est l'idée.

Gabriel le regarde et sourit, entre consternation et ironie.

- J'étais censé en être informé quand ?

- A peu près maintenant. Je sais très bien qu'après, ça va devenir de plus en plus délicat pour vous, mais c'est ça que nous visons. Et c'est pour ça que je vous ai choisi, indépendamment de vos liens avec Zenouda. Si votre but était de mettre vos p'tits copains en taule, vous ne seriez pas là ! ... Moi non plus !

- Autre chose ?

- Oui : savoir tout ça plus tôt ne vous aurait servi à rien ...

Gabriel le regarde encore, puis ouvre brusquement la portière, sort sans la refermer et se dirige vers sa voiture.

- Lieutenant !

Gabriel se retourne : Perrot lui fait signe de revenir, ce qu'il fait à contre cœur. Il se penche dans l'encadrement de la portière.

- Restez concentré, lieutenant ! Vous avez la confiance de Zenouda, gardez-là ! Et tenez-moi informé pour le Go-fast, je ne veux pas de risques inutiles ! Plus vos infos sont précises, mieux je peux vous protéger ! ... Ne laissez pas vos émotions personnelles vous piéger, c'est vous que vous mettez en danger ! Cessez de douter, de vous-même et de ceux qui travaillent avec vous ! Je me fous complètement de ce que vous pensez de moi tant que vous restez vigilant ! ... Pour ce qui est de Fontana, je vous brieferai en temps et en heure ... Allez, rompez ! ... Et fermez cette putain de portière, merci !

Gabriel se redresse, claque la portière, se détourne et monte dans sa voiture tandis que Perrot démarre. Il regarde le véhicule s'éloigner puis se dégage brusquement de son emplacement, patinant un peu sur le sol détrempé.

33.

Dans les sous-sols de la Cité : un grand local avec tables, chaises, petite estrade en fond de salle et crépi fatigué aux murs.

Sami, Medhi, Gabriel et quelques autres sont répartis dans la pièce : récapitulatif du parcours, relecture des cartes, énième vérification des armes et des papiers d'identité. L'ambiance est un peu électrique, tendance montée d'adrénaline. Gabriel, occupé à contrôler les armes de poing des convoyeurs, montre des signes de tension grandissants. Il finit par se redresser, repose un peu bruyamment un pistolet sur la table et s'apprête à quitter la salle. Medhi l'interpelle, stoppant temporairement les activités de chacun.

- Oh ! Qu'est-ce que tu fous ? Tu vas où là ?
- Je reviens.
- T'as fini ? J'ai dit qu'tu pouvais sortir ?
- Je t'ai dit que je reviens.
- Où tu vas ? T'es malade ? T'es tout pâle.
- Je vais aux chiottes, j'ai mal au bide.

Tous attendent la décision de Medhi. Gabriel se redresse et reprend de l'aplomb.

- Tu peux venir avec moi si t'as quelque-chose à vérifier ...

Medhi hésite encore un instant, puis lui fait signe qu'il peut y aller. Gabriel le remercie d'un mouvement de tête et quitte la salle.

Au gré des néons, Gabriel traverse successivement zones d'ombre et de lumière. Il marche hâtivement, passe devant la Meute et les voitures, et s'engage dans une zone isolée à proximité de la sortie. Il s'assure rapidement qu'il est bien seul et que son portable capte, et compose un numéro, toujours aux aguets.

- (...) Ouais. (...) Non, non tout est ok. Pas de changements. (...) Vous en êtes où avec Fontana ? (...) Attendez, je veux savoir où on va ! Alors dites-moi... (...) Ecoutez-moi, oh ! C'est moi qui suis dedans, c'est ma peau, bordel !

Il raccroche sèchement, fait quelques pas sur place : il respire bruyamment, par saccades. Il s'en rend compte, se calme, regarde tout autour de lui, inquiet et hésitant. Il se retourne subitement, prend appui sur un pilier en béton et vomit : il reste plié en deux quelques instants puis finit par se redresser, s'essuie et reprend doucement la direction du local.

A l'intérieur, chacun vaque à ses occupations dans un climat plutôt détendu. Seul Medhi, qui vérifie à son tour les armes avec Sami, reste nerveux : il est le premier à réagir lorsque la porte s'ouvre sur Gabriel, visiblement préoccupé.

- Alors ?

A nouveau, tous se focalisent sur la conversation et Gabriel jette un regard fatigué à Medhi.

- Ça va mieux ?
- Ouais.
- On dirait pas. T'es encore tout pâle.
- J'ai dégueulé. Je déteste ça.
- ... Et sinon, t'as appelé qui ?

Un temps, ils échangent un regard chargé de sous-entendus.

- ... Faut tout changer Medhi.

Tous les regards passent sur Medhi : son visage est animé de tics nerveux. Il serre machinalement le pistolet qu'il tient dans la main.

- Ça veut dire quoi : "faut tout changer" ?! C'est quoi c'bordel ?!

Il se rapproche de Gabriel, l'arme à la main. Sami surveille, à distance.

- Faut que tu m'écoutes et que tu fasses ce que j'te dis.

- Vas-y, j't'écoute !

- La carte, c'est un piège, mon contact est formel. On a du monde sur le dos.

- Continue ! ...

- Quoi, continue ?! C'est tout ! C'est pas la bonne carte, tous les emplacements sont bidons ! Si on suit le plan initial, on est morts ! Ça va être blindé de flicaille tout du long, à des endroits que je connais pas, avec des caisses que je connais pas ...

- Tu sers à rien du tout alors.

- Je sers à c'que tu t'fasses pas prendre, connard !

Medhi se rapproche vivement et lui braque l'arme sur le visage.

- Et l'idée, ça t'est venu comme ça ?! Comme une envie de dégueuler ?!

- Baisse ce flingue !

Medhi le dévisage calmement, l'arme toujours levée. Gabriel ne faiblit pas.

- Baisse ce flingue, Medhi, putain ! ...

Medhi obtempère, sans le quitter des yeux.

- ... Tu fais comme tu veux, d'accord. Soit tu m'écoutes, on trace un nouveau trajet et on roule. Soit tu m'fais pas confiance et demain, tu files droit sur les keufs ! Et ce s'ra sans moi !

Un temps d'observation réciproque. Sami s'approche.

- On fait quoi, Medhi ?

Medhi prend le temps de réfléchir, toise Gabriel, qui lui tient tête.

- On va écouter le p'tit lieutenant.

Pression et tension se relâchent : la pièce respire à nouveau. Medhi indique la carte devant lui.

- Viens nous montrer le chemin ...

Encore remonté, Gabriel s'approche de Medhi : tous deux rejoignent la table sous les regards mi inquiets, mi rassurés des hommes présents.

34.

Une route nationale, déserte et plongée dans l'obscurité de la nuit. Derrière son volant, Gabriel roule tranquillement, l'air un peu absent. Son portable vibre dans le vide poche devant lui : il l'attrape, regarde la provenance de l'appel, décroche.

- Ouais. (...) Tu vas pas m'appeler toutes les dix minutes... (...) J'suis pas loin. (...) J'entends, j'entends ! (...) J'suis ravi ! ... (...) Sami, me prends pas la tête, d'accord ?... (...) C'est ça, voilà, j'arrive.

Il raccroche, soupire et se replonge dans ses pensées.

A quelques kilomètres de là, la salle des fêtes d'un centre culturel : elle est de belle taille, entourée par un large parking de graviers, à proximité d'un petit bois. Voitures et scooters sont garés un peu partout. A l'intérieur, une fête bat son plein: des bribes de musique parviennent jusque dehors à chaque ouverture de porte. Garçons et filles, certaines voilées, sont près de l'entrée, en train de discuter, verres en main et cigarettes aux coins de lèvres. Deux, trois montent la garde, avec une certaine décontraction.

La voiture de Gabriel arrive à faible vitesse sur le parking. Il tourne à la recherche d'une place et finit par stationner où il peut. Il sort : bip caractéristique de fermeture. Puis il marche jusqu'à la salle.

Ballons, boule à facettes et guirlandes colorées décorent la grande pièce carrelée. Nombre de manteaux sont entassés sur des tables près de l'entrée. Plusieurs filles et femmes s'activent dans la cuisine, et transportent des plateaux garnis. Certaines personnes, dont les plus âgées, sont assises sur les chaises en plastique qui cernent l'espace de danse, sur lequel la grande majorité s'agite au son d'un raï tonitruant. Parmi eux, Medhi et Sami.

Gabriel entre, échange quelques saluts dans le petit vestibule et s'avance jusqu'au pas de la salle, esquissant un sourire en demi-teinte à la vision de l'ambiance, des plus festives. Medhi l'aperçoit et lui fait signe de se joindre à eux : Gabriel temporise d'un geste volontairement appuyé. Sami le remarque et le rejoint : il est surexcité, regarde sa montre et hurle.

- T'as décidé d'revenir à cinquante ou quoi ?! ...

Il rigole, Gabriel répond par un petit sourire.

- C'est ça.

- J'aurai trop aimé être là, putain ! Paraît qu'c'était un kif de folie ! Chouf Medhi, il est pas r'descendu depuis hier ! ...

Ils se tournent tous deux vers la piste : à l'exemple des autres convives, Medhi semble décharger toute la tension des derniers jours. L'énergie déployée est électrique. Gabriel observe le tout avec un mélange d'amusement et de gêne latente. Le raï touche à sa fin, ponctué par des cris d'accompagnement. Un autre morceau démarre aussitôt.

- On dirait que ça se passe bien.

- Trop bien, man ! ... Tu viens ?!

Il amorce le mouvement, aussitôt stoppé par Gabriel qui lui fait signe qu'il y a le temps : il acquiesce, un peu déçu. Ils restent un petit moment sans parler, Sami hésitant à le laisser et jetant des coups d'œil indécis du côté de la piste : Medhi danse toujours, serrant de près une jeune femme d'origine maghrébine, à l'allure sage. Gabriel les observe attentivement. Sami se tourne brusquement vers lui.

- ... Y'a un truc ... J'veux trop savoir ...

Gabriel finit par le regarder, attendant la suite.

- T'étais absolument sûr de ton coup ?
- De quoi ? ...
- Changer au dernier moment, c'était chaud quand même, non ?
- Non, justement ...
- Sérieux, j'suis comme lui pour ça, j'aime pas ça, putain ! ...
- Peut-être, mais là, c'était ça ou tout repousser ... J'crois pas que c'était trop envisageable ... ?
- Ça c'est clair !

Gabriel revient vers la piste.

- N'empêche, fallait pas s'planter, putain !
- C'est avec sa femme qu'il danse, Medhi ?
- Non. Elle est pas là, sa femme, à Medhi. Elle est au bled depuis deux mois. On est tous les deux libres en ce moment.

Il rigole. Gabriel acquiesce mollement.

- Il attend pas un môme ?
- Si, mais ils préfèrent qu'elle accouche là-bas ... Comme ça toute la famille est avec elle et avec le p'tit ...

Gabriel acquiesce à nouveau et revient sur Medhi.

- Eh, va pas t'imaginer j'sais pas quoi, d'accord ? Medhi, sa femme, il la trompera jamais. C'est sacré chez lui ...

Gabriel le regarde sans broncher.

- Bouge pas, j'reviens ...

Il traverse la salle en direction des platines, souffle quelques mots à l'oreille du DJ. En revenant, il passe devant Medhi, qui l'intercepte: ils discutent. Gabriel en profite pour reprendre son observation. Le morceau de raï est coupé : quelques riffs de guitare annoncent Nirvana, l'intro de "Smell Like Teen Spirit" : sur la piste, de rares mécontents se font entendre, d'autres crient leur enthousiasme. Le morceau décolle. Sami rejoint Gabriel, dont le visage exprime un contentement certain.

- J'me suis dit que c'était plus ton truc !
- Ouais ! Sympa !
- Ouais ... Maintenant, t'as plus le choix, faut qu'tu bouges ...

Gabriel va répondre mais il est coupé par Medhi qui arrive de la piste.

- Putain de musique de blanc dépressif !

D'un mouvement de tête, Gabriel indique la masse des jeunes qui s'agitent. Medhi constate mollement, s'avance pour attraper une bière sur une table derrière eux, la décapsule à la main, revient vers Gabriel, qui ne le quitte pas des yeux, indécis.

- Alors ?!

Gabriel attend la suite, un peu mal à l'aise. Medhi soutient son regard, le laisse mariner.

- Quoi ? ...

Medhi continue de le dévisager, avale une nouvelle gorgée puis, d'un coup, son visage se barre d'un large sourire et il l'attire brusquement vers lui.

- Viens là, putain !

Ils partagent une profonde accolade, Gabriel, d'abord réticent, se détend peu à peu. Sami se joint à eux. Ils se séparent.

- J'crois qu't'as trop assuré ! C'est ça qu'j'crois ! ... Allez, putain, c'est ta fête ce soir, c'est pour toi ! Qu'est-ce que tu glandes ?!
- ... J'vais y aller à mon rythme.

- Comme tu le sens ! Mais j'te préviens, on passe pas ces merdes toute la soirée ...

Il s'esclaffe, fait mine de le frapper et s'éloigne vers le buffet. Sami pose une main sur l'épaule de Gabriel.

- Tu viens, on sort !
- ... Si tu veux ...

Ils quittent la salle, et rejoignent lentement le centre du parking. Mais tandis que Sami affiche la plus grande des décontractions, Gabriel, quelque peu dubitatif, scrute discrètement autour d'eux. Sami s'arrête, et lui fait face en lui présentant une enveloppe.

- D'abord ça.
- Encore ?!
- On en a déjà parlé : gros boulot, grosse enveloppe. T'as entendu Medhi : là, t'as assuré.

Gabriel prend l'enveloppe.

- J'aurai pu vous raconter n'importe quoi, histoire de foutre la merde ou de vous impressionner ...

L'enthousiasme de Sami cède la place à une soudaine inquiétude : il regarde Gabriel droit dans les yeux.

- Pourquoi t'aurais fait ça ?
- Ton frère a quand même mis une caisse sur le trajet, non ?
- Normal, fallait qu'il vérifie ! ... Elle roulait à vide.
- C'est quand même très relatif, la confiance !
- La confiance dans le business, t'oublies ! Ici, y'a qu'le fric qui compte, c'est le sang de la rue. T'en as pas, t'es mort ... Y'a pas trois semaines que t'as commencé à traîner ici et tu peux dire c'que tu veux, t'es keuf, Gab ! Si c'était pas toi, Medhi t'aurait jeté en dix

secondes ! Et regarde c'qu'on est en train d'faire ! ... On t'a écouté, non ?!

Gabriel acquiesce. Chacun regarde machinalement autour de lui.

- Bachir veut te rencontrer.
- Bachir ?
- C'est lui le boss. Medhi lui a raconté. Il veut voir le héros.
- Ok.
- C'est tout ? "Ok" ? C'est pas c'que tu voulais ?

Gabriel hésite, soudain mal à l'aise, puis se reprend.

- Si si, c'est cool.
- Et ben souris, alors ! De toute façon, d'ici là, on a grave de taf ! Allez, on rentre !

D'un pas vif, Sami repart vers la salle. Gabriel le laisse s'éloigner un peu, tente de mettre ses idées au clair, empoche l'enveloppe et prend sa suite.

35.

Dans la forêt, sur le parking de leurs habituels rendez-vous, le capitaine Perrot attend : adossé à sa voiture, l'air grave, il est attentif au moindre passage à portée de vue. Mais seuls des sportifs et des promeneurs vaquent à leurs activités. Il fait beau.

Assise dans un canapé du salon de ses parents, un magazine à la main et les yeux dans le vague, Alice semble un peu triste. Son regard se porte de l'autre côté de la pièce : Aurore, de dos, est assise au piano, en train de suivre les instructions d'un jeune professeur. Les nombreuses et hautes fenêtres inondent la pièce d'une douce atmosphère.

Chez Gabriel, la maison est parfaitement silencieuse. Dans certaines pièces, les volets à demi-fermés laissent entrer suffisamment de lumière pour révéler l'état d'abandon de l'endroit.

36.

Tout est paisible. L'air est sec, une lumière blanche, blafarde, inonde une petite rue de banlieue. De part et d'autre se trouvent des petits pavillons avec jardins attenants. Quelques chiens aboient. Tout au bout, on distingue une voie bien plus large et transversale sur laquelle la circulation est fournie.

Gabriel marche tranquillement, légèrement saisi par le froid matinal, attentif à tout ce qui l'entoure. Loin derrière lui, une voiture remonte la rue dans sa direction en accélérant progressivement. Il finit par entendre le moteur, se retourne, la scrute avec attention et, brusquement, se met à courir dans le sens opposé. Il remonte la rue à toute allure jusqu'au premier virage, qu'il prend sans ralentir en s'assurant de la position de la voiture ... Au carrefour suivant, un peu plus large, celle-ci le dépasse et lui coupe la trajectoire : Gabriel heurte brutalement le capot, perd l'équilibre, se récupère et reprend sa course.

Il est rapidement rattrapé par le capitaine Perrot, surgissant du véhicule, qui le plaque violemment contre un grillage, sort ses menottes et l'y accroche, avant de se dégager et de s'asseoir à côté de lui, à même le trottoir. Essoufflé, Gabriel cherche de l'air et tire sur les bracelets de fer.

- ... Vous voulez bien me retirer ça ?!

Perrot ne réagit pas: il observe les alentours.

- Putain ! ... Comment vous m'avez trouvé ?

- Pur hasard. Je quadrillais en espérant vous tomber dessus ...

- C'est le quartier de ma nourrice ... Quand vous enquêter, vous allez chercher un peu loin, non ?! ...
- Faut c'qui faut ! ... L'essentiel étant de vous mettre le grappin dessus. Je vous rappelle donc que vous êtes en mission, que vous avez volontairement flingué une opération d'envergure et que vous êtes injoignable ! Ça fait beaucoup.
- Qu'est-ce que vous voulez ?! Je vous ai répété dix fois que Fontana, c'était pas mon taf ...

Perrot le presse brusquement contre le grillage.
- Votre taf, c'est de faire ce que je vous dis et je veux ce fils de pute !

Gabriel essaye de se dégager et Perrot finit par s'écarter en vérifiant machinalement que personne ne les observe.
- Décrochez-moi, bordel ! ...
- Pas avant d'être sûr que vous allez me foutre une paix royale sur cette enquête !

Un temps. Chacun campe sur ses positions.
- ... On pourrait peut-être le faire tomber mais à ma façon. Mais pour ça, faut que je reste en vie et que vous me foutiez la paix !

Échange de regards tendu.
- Je vous écoute.
- Décrochez-moi, d'abord.
- Certainement pas.

Gabriel tire violemment sur les menottes.
- Mais putain, c'est pas vrai ! Vous voulez que j'gueule, c'est ça ?! Que quelqu'un sorte ! Décrochez-moi !
- Je vous écoute.

Gabriel soupire profondément, tente de se maîtriser. Perrot avise au loin un résident et son chien qui se rapprochent : il se tourne vers Gabriel, lui fait signe qu'il attend.

- ... Y'a rien à expliquer, putain ! Faut avancer échelon par échelon, c'est tout. Le reste, c'est n'importe quoi, du pur délire ! Et c'est dangereux !

- Non mais vous avez une toute petite idée du temps que ça va prendre ?

A une vingtaine de mètres, l'homme au chien jette un œil à la voiture et aux deux hommes, assis côte à côte à même le trottoir, puis se décide à rentrer chez lui : la rue est à nouveau déserte. Gabriel hésite puis obtempère.

- Le boss, le mec de Grenoble ... Il veut me rencontrer. Apparemment, je dois monter en grade. Après, ça peut aller assez vite. Peut-être ... J'en sais rien. Faut faire avec : y a pas d'autre solution !

- Le nom du gars ?

- J'ai qu'un prénom. C'est même pas dit que ce soit le bon ...

- Donnez toujours.

- Bachir.

Perrot le dévisage quelques instants, jette un coup d'œil à la ronde, déverrouille les menottes et les décroche. Gabriel se dégage d'un coup sec, se relevant dans la foulée, en massant ses poignets.

- Je vous tiens au courant.

Sans attendre la moindre réponse, il fait demi-tour et s'éloigne rapidement. Perrot le suit un peu des yeux et rejoint son véhicule tandis que Gabriel disparaît au coin de la rue.

37.

Gabriel est allongé sur le lit, dans la chambre fournit par Medhi, en train de lire à la lueur d'une petite lampe de chevet, la tête en appui contre le mur. Sonnerie de portable : il regarde l'écran et décroche.

- (…) Non, pas de souci. Qu'est-ce qui se passe ? (…) Ok, t'es où ? (…) Qu'est-ce que tu fous là ? (…) Ok, ok. J'arrive. A tout de suite.

Il raccroche, se lève, enfile une veste et sort.

Peu de temps après, au volant de sa voiture, il longe un chantier de construction, jusqu'à stationner à quelques mètres d'un Algeco, qu'il rejoint dans la foulée. Il ouvre la porte et recule brusquement en la maintenant devant lui.

- Sami, c'est moi ! C'est Gabriel !

Assis sur une chaise au fond du bungalow, éclairé par la lumière du réverbère qui passe par la petite fenêtre, Sami abaisse son arme. Il est épuisé, des cernes marquent ses yeux.

- T'es tout seul ?
- Ouais ! J'entre ?
- Ouais !

Gabriel entre, laissant la porte très légèrement entre-ouverte pour entendre les bruits extérieurs. Il regarde Sami avec attention.

- Qu'est-ce que tu fous là ?! Qu'est-ce qui se passe, Sami ?
- Il s'passe que j'ai fait l'genre de truc que t'aimes bien.
- C'est à dire … ?
- Une bonne action … Et ça a été la merde !
- De quoi tu parles ?
- Derrière le Lidl, y'a trois gars qui faisaient chier une fille. J'leur ai dit d'la lâcher … Un des

mecs avait une scie sur lui ! T'imagines !? La merde, putain : il gueulait, il voulait m'taillader ... J'ai dû sortir le gun pour qu'ils foutent le camp.

- Tu leur as tiré dessus ?

Sami montre quelques signes d'épuisement.

- Je leur ai fait peur, avec le flingue.

Gabriel se rapproche.

- C'est quoi que t'appelles une scie ?

- La même chose que toi.

A la lueur du réverbère, Gabriel distingue maintenant le bras de Sami, abondamment ensanglanté et reposant sur un jean fortement imbibé.

- Putain Sami ! Tu pouvais pas commencer par ça ?

- Font chier tes bonnes actions ...

Gabriel le soulève et l'aide à rejoindre la porte, pour ensuite le guider jusqu'à sa voiture, dans laquelle il l'installe. Sami se laisse faire, soupire ... et range son arme dans une poche de son blouson.

- On va où ?

 - Te faire soigner.

Sami acquiesce tandis que Gabriel referme la portière et prend place au volant. Il démarre et s'éloigne rapidement. Après avoir bravés la quasi-totalité du code de la route, il gagne le parking d'un hôpital, et, à peine extirpés du véhicule, rejoignent précipitamment le hall d'accueil. Ils sont en proie à une nervosité certaine tandis qu'ils s'approchent du comptoir, Gabriel en avant.

- Bonsoir! Je viens voir Berthon. Il est au courant.

L'homme de garde les regarde avec suspicion.

- Je vais prévenir le docteur Berthon. Vous êtes ?

Gabriel sort sa carte d'officier de police et la lui tend d'un geste autoritaire.

- On peut accélérer ?

Sami, livide, observe la scène sans broncher.

- Nous n'avons ...

Une porte s'ouvre brusquement à quelques mètres : un homme d'une cinquantaine d'années, en blouse blanche, se dirige droit sur eux.

- Je t'ai vu arriver depuis mon bureau.

- Tu peux regarder tout de suite ?

Le médecin acquiesce et les invite à le suivre, sous le regard indécis du standardiste.

38.

Une bonne heure plus tard, Gabriel et Sami sortent par la porte principale, accompagnés du docteur Berthon. Malgré la tension sous-jacente, tous semblent rassurés. Ils saluent le médecin, laissent le bâtiment derrière eux et regagnent le parking en contre bas.

- Il est vraiment bon, ton pote ! J'ai rien senti !
- Tu veux pas arrêter ? Ça fait vingt fois que tu le répètes et que je te dis que c'est l'anesthésiant qui te fait cet effet.
- N'empêche !
- Tu m'épuises, Sami. Laisse m'en un peu, que je puisse conduire.
- Eh, j'le crois aps ! C'est moi qui suis coupé en deux et c'est toi qui gueule !

Gabriel hoche la tête, fatigué : ils échangent un rapide sourire tandis qu'ils abordent le parking. Au même instant, une voiture passe à côté d'eux à faible allure, en direction de l'hôpital, sans qu'ils y prêtent la moindre attention.

Dans le véhicule, l'autoradio diffuse un jazz diffus, qu'écoutent les deux jeunes hommes qui l'occupent. Le passager est agité.

- J'te jure ! Fais demi-tour !
- On est déjà à la bourre. C'est même pas sûr que c'est lui !
- Tu fais chier, fais demi-tour, putain ! ... J'vais pas l'rater, c't'enfoiré !

Sur le parking, il y a très peu de voitures. L'endroit est plongé dans une relative pénombre, teintée de la lueur orangée des réverbères. Sami et Gabriel se rapprochent de la voiture de celui-ci.

Derrière eux, le véhicule fait demi-tour, revenant vers le parking.

- Ils arrivent à leur caisse, on laisse tomber.
- Putain, allez ! Active, on va le louper !

Le passager se penche en avant, pour prendre quelque chose à ses pieds.

Au même instant, Gabriel referme la portière de Sami et contourne la voiture sans le quitter des yeux.

Dans son dos, la voiture des deux jeunes se rapproche : un bras passe par la fenêtre côté passager et pose un gyrophare sur le toit ; un petit coup de sirène accompagne son geste. Gabriel se retourne brusquement, inquiet, puis se détend lorsque le passager passe sa tête par la fenêtre, tout sourire.

Une détonation, nette, aussitôt suivie d'une autre : les balles atteignent la calandre et le rétroviseur, qui vole en éclat ... La voiture des policiers fait une embardée et s'encastre dans un plot de stationnement : Gabriel se retourne, abasourdi ! Sami, debout derrière sa portière, lui fait face, son arme à la main : il tire à nouveau, arrosant les pneus de la voiture ; l'un d'eux éclate.

- Bouge putain !

Un coup de feu part en retour, manquant Gabriel de peu : celui-ci hurle à l'attention des deux camps. De nouveaux coups de feu lui répondent, en provenance de la voiture accidentée, ricochant sur le capot et le contraignant à se protéger. Sa portière s'ouvre de l'intérieur.

- Gabriel ! Merde !

Le visage marqué de l'incompréhension la plus totale, Gabriel s'installe au volant, démarre en trombe et s'éloigne sous le feu nourri des policiers, Sami ripostant alors qu'ils font demi-tour.

Extrêmement énervé, essayant de maintenir une concentration maximale, Gabriel roule très vite. A ses côtés, Sami scrute avec attention la route tout autour d'eux.

- C'est des potes, putain ! T'as tiré sur des flics, connard ! C'est des amis !
- Ils t'ont tiré dessus, tes amis !
- T'es malade ou quoi ?! Qu'est-ce que tu crois qu'il va s'passer maintenant ?! ... Hein ?!
- C'est des keufs, on avait aucune chance ! J'avais mon gun avec moi, qu'est-ce que tu crois ? J'veux pas aller en taule, moi !
- Ben là, t'as toutes tes chances !
- Et alors, putain, fallait bien qu'on s'casse ! Ils étaient sur nous ! ... J'suis sûr que c'est ton pote le bon docteur qui les a appelés !

Gabriel revient vers la route, au bord de l'implosion : il tente de réfléchir, jetant machinalement des coups d'œil nerveux dans le rétroviseur.

- ... C'est un flingue du Go-fast ?

Sami hausse les épaules. Gabriel le pousse d'un geste brusque.

- Est-ce que c'est un flingue du Go-fast ?!
- Ça va ! Me pousse pas comme ça ! Qu'est-ce que ça peut te foutre d'où il vient ?!

Gabriel hésite à répondre dans la foulée, prend le temps de choisir ses propos.

- Si c'en est un, il peut pas être tracé.
- Et ben voilà !

Gabriel avise une ruelle qui se rapproche, et s'y engage.

- Qu'est-ce que tu fous ?! Où on va ?!

Gabriel s'arrête, prend quelques secondes pour se calmer et sort son portable.

- C'est quoi ça ?! Tu fais quoi, là ?! Qui t'appelles ?!
- J'vais essayer de nous faire gagner du temps. Tu nous as bien mis dans la merde !

L'excitation de Sami retombe : en proie à une soudaine apathie, il regarde fixement Gabriel, qui déverrouille son portable. Au même instant, celui-ci se met à vibrer. Gabriel regarde l'écran et laisse échapper un tic nerveux à la vision du numéro qui s'affiche : il sort du véhicule. Après avoir sèchement claqué la porte, il s'éloigne de quelques pas et décroche.

- J'étais sur le point de vous appeler ...

La conversation se poursuit, Gabriel arpentant la ruelle sans quitter la voiture des yeux : à l'intérieur, Sami l'observe avec une attention soutenue.

Peu de temps après, Gabriel remonte à vive allure une allée du parking sous-terrain de la Cité, pour s'arrêter brusquement à quelques mètres de Medhi et de l'un de ses hommes. Moteur tournant, il sort en jetant un coup d'œil énervé à Sami, qui reste à l'intérieur.

- Ton p'tit frère m'aime bien, alors il a décidé de tirer sur deux flics que j'connais ... Tu lui expliques qu'on peut pas faire plus con, tu fais disparaître ma caisse, le flingue, et vous m'oubliez pour quelques jours ! ...

Il s'éloigne de quelques pas et fait demi-tour, brusquement hors de lui.

- ... Et qu'est-ce qu'ils foutent encore là, ces flingues ?!

Medhi reste impassible face à lui.

- Bachir veut t'voir.
- C'est ça, génial, c'est pile le moment ! Demande-lui s'il a une idée pour sauver ma tête !

Il fait demi-tour et s'éloigne rapidement. Medhi le suit des yeux et glisse quelques mots à l'oreille de l'homme à ses côtés, qui s'installe au volant, alors que Sami s'extirpe de l'habitacle, et qui démarre dans la foulée.

Sami s'approche de Medhi avec une certaine anxiété : celui-ci ne bronche pas. Les deux frères regagnent en silence une sortie à proximité, maintenant une certaine distance entre eux deux.

39.

Un taxi longe le trottoir, s'arrête : le moteur tourne, quelques secondes s'écoulent ... La porte arrière s'ouvre, Gabriel sort, referme derrière lui : le taxi s'en va. Il regarde la façade avec gravité et appréhension, jette un coup d'œil autour de lui et pénètre dans le bâtiment, un commissariat.

Il montre sa carte à l'officier de garde, qui le salue, puis il remonte un petit couloir jusqu'à un bureau dans lequel il pénètre, prenant soin de refermer la porte.

Là, il attend, assis sur une chaise à roulettes, qu'il fait négligemment pivoter. Une lampe à abat-jour posée sur le bureau éclaire partiellement son visage, révélant des traits tirés, fatigués. La porte s'ouvre, il se retourne : le capitaine Perrot entre et referme derrière lui. Un air grave marque son visage. Les deux hommes se saluent sommairement : Perrot prend place sur un petit sofa, allumant une seconde lampe.

- Cette fois, vous nous avez vraiment foutu dans la merde jusqu'au cou ...

Gabriel lui répond par un geste d'impuissance.

- Je ne vais pas vous mentir, ça ne va pas pouvoir tenir longtemps ! J'ai pu négocier le coup pour vos deux anciens collègues, heureusement, personne n'est blessé et, ne me demandez pas pourquoi, presque personne n'est au courant ... Roussillon a réagi vite : il accepte de nous couvrir pour le reste ... Pareil pour votre ami Berthon ... Il faut croire que parfois, vous savez bien vous entourer ! Je me suis occupé du réceptionniste, ce qui a été une autre paire de manches, et on a un tout petit peu de marge avec les journalistes. Voilà ! ... Étant donné les circonstances, j'aurai envie de dire que vous avez une chance de cocu, mais vous allez encore vouloir me sauter à la gorge ! ... Ça, c'est l'état des choses à l'instant où on se parle et ça peut très vite partir en cacahuète, donc tout ce qu'on pourra faire à partir de maintenant s'apparente juste à du répit ... Ce qu'il reste à faire, c'est trouver un prétexte pour ralentir l'enquête et essayer de tenir quelques jours. Après, ça explose. Et nous avec, si on a pas un truc plus gros.

- ... Gros comme Fontana, j'imagine ?
- Tout juste.
- Et pour les Zenouda ?
- Terminus, tout le monde descend.
- Et c'est tout ?
- Vous allez trouver à redire, en plus ?!
- Non, évidemment, à part que ça commence à jouer avec des flingues.
- Je vous rappelle que c'est grâce à vous qu'ils les ont, ces flingues. Parce que, parce qu'il avait peur, le lieutenant Ciello a pris seul la décision d'annuler une mission d'interception. Ça vous dit quelque-chose ?!
- Allez vous faire foutre ! Vous vous êtes servi de moi sur cette mission ! Vous avez votre part de responsabilité dans tout ce bordel !
- Ben tiens donc ! Si ça peut vous faire vous sentir moins seul !

Gabriel se retient de lui rentrer dedans. Perrot ne cille pas, prêt à le recevoir, le provoquant presque. Gabriel se lève et fait quelques pas dans la pièce.

- Vous savez qui était avec Bélanger dans la caisse ?

- Diaz. Ça vous parle ?
- Ouais. J'me demande combien y sont à être au courant maintenant ... C'est Roussillon qui vous a prévenu ?
- Oui. Mais j'allais vous appeler de toute façon.
  Gabriel lui jette un regard interrogatif.
- J'ai un gros coup pour vous ... Au Havre.
- Comme par hasard.
- C'en est presque amusant ! Vous m'écoutez ?
  Gabriel se contente de le regarder, attendant la suite.
- Je ne vous apprends rien : ce port est un ravissement pour qui veut faire affaire avec les nouveaux pays émergents, comme les abrutis aiment les appeler ... Bref ... Dans deux jours, un cargo colombien accoste avec, à bord, un container chargé d'une cinquantaine de ballots de cocaïne : vous aurez vite fait le calcul ... Ça nous fait plus d'une tonne.
  Gabriel montre des signes d'impatience. Perrot note et enchaîne.
- D'ici quelques heures, je connaîtrais la localisation exacte de l'entrepôt où le container est sensé se faire oublier pour quelques temps. Le soir de son arrivée, les douanes y feront une descente. Et comme ils n'attendent aucune résistance, ils seront peu nombreux et peu armés ...
- Vous voulez qu'on braque les douanes?
- C'est ça.
- Ils sont prévenus ?
- Trop dangereux pour votre couverture.
- Putain, vous êtes encore plus malade que ce que je pensais ! ... Vous voulez braquer l'équipe du Havre dans deux jours sans les prévenir !
- Trop dangereux pour votre couverture.

- Mais quelle couverture, putain ?! ... Je vous rappelle qu'on vient d'me mettre au ban pour pétage de plomb sur une opé des douanes et que tout ce que j'ai trouvé de mieux à faire depuis, c'est aligner deux anciens collègues grâce à un ami dealer amené discrètement à l'hosto pour se faire recoudre ! Tout ça avec les restes d'un arsenal des années quatre-vingt destiné à enrichir le marché de la contrebande au Brésil ! ... Ah c'est sûr, ça va bien les faire marrer au Havre ! Vous essayez de me mettre perpète ou quoi ?!

- Justement, votre arsenal, là, il est bien toujours là, non ?

- ... J'en sais rien.

- Vous en prendrez quelques-uns avec vous, comme ça, quand on vous serrera, le lien se fera tout seul avec l'affaire des deux imbéciles sur le parking de l'hôpital.

Gabriel se dirige vers la fenêtre puis fait quelques pas dans la pièce, avant de se rasseoir : il semble complètement vidé.

- En général, quand on prend des flingues, on s'en sert ... Vous êtes sûr de votre coup ? Parce qu'après ...

- Il n'y a pas d'après, Ciello. Je serais sur place avec une, probablement même deux brigades d'intervention. Vous leur faites peur, vous chargez et dès que vous passez la porte, on vous tombe dessus ... Votre job, le dernier, c'est de les faire saliver sur toute la durée du coup mais sans que personne ne s'excite de trop ... Et bien sûr, d'amener Fontana dessus.

- Bien sûr.

- C'est là que le délai joue pour nous. Fontana est du genre très méfiant. Un coup monté en deux jours sur son terrain, ça va pas lui plaire.

Mais il ne pourra pas passer à côté d'une tonne de cocaïne. C'est un gourmand. Il va hésiter, puis accepter et venir en personne superviser la saisie. Dombrowski et Jarnelle sont en stage dans le sud ... Je vous dis que ça tombe bien tout ça.

- Pourquoi il serait pas déjà au courant ?

- Disons que Fontana et les dockers, c'est pas une grande histoire d'amour. Pareil avec les douanes.

Ils se dévisagent en silence, Gabriel cherchant à faire le tri dans ses interrogations.

- Dans trois, quatre jours au plus, c'est terminé lieutenant. Et en beauté en plus !

- Rien à foutre de votre sens de l'esthétique ! ... Faut que je réfléchisse.

- Pas de problème. Il doit bien vous rester dix secondes ...

Gabriel pose sur lui un regard agacé. Il s'assoit, se concentre, hésite...

- Je sais que vous vouliez faire ça bien et à votre rythme, lieutenant, mais on ne peut pas rater cette occasion.

- ... J'ai besoin d'un max d'informations ! J'parle pas du nom du bateau ou du numéro de l'entrepôt, je veux tout ce que vous avez : sur l'expéditeur, le container, la came, sur Fontana et ses hommes, sur le nombre de douaniers présents à l'opé ... Tout !

- J'aurai tout ça dans une heure ou deux.

Gabriel jette un regard perplexe sur une horloge.

- Vous savez l'heure qu'il est, là ?!

- Vous croyez sérieusement que vous êtes le seul à bosser à temps plein sur cette affaire ?!

Gabriel s'efforce de ne pas répondre.

- Je vous dépose ça en rentrant. Vous dormez chez vous ?!

Gabriel répond par un petit sourire cynique. Il se lève, attrape un post-it et un stylo sur le bureau et griffonne une adresse, qu'il pose devant Perrot.

- C'est juste pour cette nuit.

Le capitaine y jette un œil, acquiesce discrètement et se lève.

- On touche au but, lieutenant.

Gabriel se lève, le salue d'un petit mouvement de tête, rejoint la porte du bureau et sort. Sur le point de refermer derrière lui, il entend Perrot se lever du canapé.

- Et cette fois, vous suivez les ordres. Pas d'initiatives personnelles, d'accord ?

Gabriel esquisse en réponse un rapide sourire, ferme la porte, se retourne et se fige, le visage marqué par la stupeur : assise sur un banc à un mètre de lui, Hasna ne le quitte pas des yeux, toute aussi saisie que lui.

- Qu'est-ce que tu fais là ?

La jeune fille est des plus interloquées.

- ... Vous êtes toujours flic !?

Gabriel hésite une fraction de seconde, puis il jette un coup d'œil autour d'eux, s'approche rapidement d'elle, la saisit par un bras et la force à se lever.

- Viens !

Elle se défend sans grande conviction tandis qu'il l'entraîne vers une petite salle attenante, une salle d'interrogatoire, éclairée aux néons et disposant d'une table et de quelques chaises.

- Assieds-toi !

Hasna découvre la pièce, troublée. Elle le regarde refermer la porte sans bouger.

- Assieds-toi !

Il lui force un peu la main et se met à arpenter la salle. Une fois assise, Hasna ne le quitte pas des yeux.

- Vous êtes un infiltré, c'est ça ?

Gabriel la regarde, sidéré, incapable de lui répondre.

- C'est les Zenouda que vous voulez ?... Je dirai rien, ça me regarde pas !

Piqué au vif, Gabriel vient s'asseoir face à elle.

- Tu m'as pas dit c'que tu fais là. Hasna, c'est très dangereux que tu m'aies vu ici ! ... C'est très dangereux pour toi et pour moi.

- J'dirai rien.

- Ouais, ben ça suffira pas.

- Je vous assure que j'dirai rien.

- C'est bien. J'te crois, c'est très gentil et très courageux, mais t'en sais rien ... Tu sais pas comment les choses peuvent tourner.

- Je sais que j'dirai rien !

Gabriel prend quelques secondes pour l'observer avec attention.

- Ton père sait que t'es là ?

Elle nie doucement.

- Qu'est-ce que tu fais là ? Hasna ?!

Elle se braque un peu, ne répond pas.

- Hasna ?! ... Qu'est-ce que tu fais là ?

Elle reste muette.

- Écoute, j'ai vraiment pas le temps ! Faut que tu m'fasses confiance. Au moins pour les jours qui viennent. C'que tu t'es mise en tête, là, c'est rien comparé à la réalité et c'est beaucoup plus dangereux que tout c'que t'as pu faire. Donc, tu m'dis ce qu'il en est et on voit c'qu'on fait, d'accord ? ... Ça, ou je vais voir sur le registre ...

Elle prend quelques secondes de réflexion. Gabriel montre des signes d'impatience, Hasna hésite.

- ... Sur internet, j'ai trouvé un site ... Des annonces pour les étudiantes ... Je connais, j'avais bossé le sujet à la fac. Beaucoup de filles le font ...

Un temps. Hasna, très dure, défie Gabriel du regard.

- Faut que t'arrêtes, Hasna.
- Quoi ? De faire la pute ?!
- ... De prendre des risques stupides, de t'abîmer.
- T'en sais rien ! ... Le manque de respect, je connais : l'année dernière, j'ai fait un stage dans un grand magasin, sous prétexte que j'étais stagiaire, tout le monde me traitait comme de la merde. Les patrons, les clients ... J'y ai passé cinq mois, jamais je recommence ... Là, on me respecte plus que dans leurs supermarchés de merde et c'est moi qui décide si je veux ou pas ! ...

Gabriel la regarde avec désœuvrement : il tente de réfléchir.

- ... De toute façon, ça me regarde !
- Sauf que tu t'es fait choper ce soir ! Ça veut dire que maintenant t'es fichée ... T'es connue des services de prostitution.

Hasna hausse les épaules par provocation.

- Tu t'en fous ?! J'te crois pas mais t'as raison, ça te regarde.

La porte s'ouvre d'un coup, les faisant tous deux sursauter. Un policier en uniforme apparaît : visiblement soulagé à la vision d'Hasna, il jette un regard suspect à Gabriel, qui lui montre sa carte.

- Elle est avec moi, j'm'en occupe.

Le policier hésite, circonspect: il regarde la carte puis Hasna et à nouveau Gabriel, qui finit par le repousser hors de la pièce.

- J'm'en occupe, j'te dis.

Déconcerté par le ton, le policier hoche machinalement la tête. La porte se referme sur lui. Gabriel soupire et refait à nouveau face à Hasna.

- Faut déménager ! Hasna ?! ... Ecoute-moi ! ... C'est donnant donnant, on est bien d'accord ?! J'te fais confiance, mais j'prendrais aucun risque supplémentaire. Tu l'ouvres, je déballe tout à ton père et tu peux être sûre que t'es bonne pour un vol direct pour le bled. Avec tout ce que ça implique pour une fille comme toi ! Fini les études et pour le reste, j'te fais pas de dessin. Ils chercheront même pas à savoir si c'est vrai.

Hasna est épuisée. Elle tente de l'affronter du regard, mais sa carapace se fendille : ses yeux se brouillent malgré elle.

- J'ai pas le choix, Hasna ! T'as ma parole : si rien ne filtre, personne n'en saura jamais rien.

Elle acquiesce, les lèvres serrées.

- J'veux t'entendre !

Elle temporise, plonge ses yeux au fond des yeux.

- Oui.

- Ok, on bouge !

Hasna se lève ; il la fait passer devant lui et ouvre la porte : elle sort. Gabriel prend un court instant pour laisser retomber un peu de tension et prend sa suite.

40.

En début de matinée, Gabriel referme derrière la porte de sa chambre d'hôtel, laissant derrière lui, éparses, enveloppes, photos et autres rapports.

Un peu plus tard, les traits tirés par la fatigue et un stress certain, il traverse la rue et rejoint Medhi, qui l'attend aux abords de la Cité, appuyé contre sa voiture. Accolades, échanges de politesses amicales : ils montent en voiture, Medhi au volant.

- On va où ?
- Commence par démarrer, c'est tout droit. J'te dirai au fur et à mesure.

Medhi démarre et s'insère dans la faible circulation.

- Tu fais encore la gueule pour hier soir ?
- Tu m'en veux pas si j'réponds pas ?! On a quel âge, sérieux ?! ... Tu vois, j'ai un gros truc à t'proposer, à faire ensemble, mais j'hésite ... Parce que c'est pas pour des gamins, justement ... Tu m'dis ...
- Déjà, j'suis pas mon frère, donc on va s'calmer ! ... J'sais qu'ça t'a foutu dans la merde mais va falloir t'y faire : si tu veux être sur des coups, forcé qu'tu tombes sur tes exs ! ... Ou alors, c'est qu'tu veux jouer au planqué toute ta vie et là, ça va pas être l'éclate pour toi, mon pote !
- T'es gentil, Medhi, mais ta morale, tu te la gardes ! Je sais c'que j'ai à faire ou pas, d'accord ?! ... Personne est obligé de jouer au con non plus, juste parce qu'il a oublié sa cervelle ! On est d'accord ?!

- On est d'accord ... Ton truc, c'est un bon plan ?
- C'est un bon plan.
- Tu m'dis toujours pas où on va ?

Gabriel ne répond pas, concentré sur la route. Medhi soupire et fait de même.

Peu à peu, après quelques enfilades de voies rapides, la forêt se dessine : la voiture remonte une route un peu humide, jusqu'au petit parking, où Gabriel se gare. Il en sort le premier, effectuant une rapide surveillance des alentours. Une fois à l'extérieur, Medhi regarde à son tour autour d'eux, avec un réel sentiment d'étonnement, jusqu'à faire face à Gabriel.

- On est où là ?
- En forêt. C'est là que j'viens courir. La semaine, c'est peinard.
- Et là, on va courir ?
- Non. On va marcher.

D'abord dubitatif, Medhi finit par ouvrir sa portière dans un soupir.

- Ok.

Il ferme sa voiture à clef et prend la suite de Gabriel, déjà éloigné de quelques mètres. Ensemble, ils marchent vers une zone boisée. Gabriel avise un sentier qui s'y enfonce et l'emprunte. Medhi s'arrête.

- Tu vas me dire ce qu'on fout là ou pas ?
- La nature et le grand air, c'est bien pour prendre les bonnes décisions.

Medhi prend alors sa suite, en râlant, prenant garde à où il met les pieds. Ils marchent ainsi quelques instants en silence. A la différence de Medhi, Gabriel est clairement dans son élément.

- Y a un gros coup à faire, Medhi.
- J't'écoute.

- ... C'est au Havre.

Medhi s'arrête net. Gabriel parcourt encore quelques mètres et se retourne.

- T'avances ?

Medhi obtempère.

- C'est au Havre et c'est pour demain, fin d'après-midi.

Nouvel arrêt de Medhi. Idem pour Gabriel.

- Arrête de t'arrêter, c'est lourd.

Medhi se remet en marche, jusqu'à rejoindre Gabriel.

- On va braquer les douanes.

En réponse à l'air des plus stricts de Gabriel, Medhi éclate de rire. Gabriel sourit et se reprend, s'appliquant à maintenir un air grave et sérieux.

- C'est pas drôle, Medhi ! Merde !

- Ah putain, elle est trop bonne ! ... T'as raison, le grand air, ça t'fait grave de l'effet, à toi !

- Putain, j'suis sérieux, Medhi !

- Attends, attends ... Laisse-moi récupérer. Deux secondes ...

Il prend quelques instants pour se remettre, tout en continuant à rire par instants, puis il dévisage Gabriel avec attention.

- T'es vraiment sérieux ?

- Ouais !

Medhi mesure alors l'ampleur potentielle de l'annonce de Gabriel. D'un geste, il lui indique qu'il est à nouveau très attentif.

- Bon. Faut qu'tu m'expliques, alors.

- Si t'arrêtais d'faire le con, peut-être que j'pourrais. Allez, on bouge.

Il se remet en marche. Medhi le regarde s'éloigner de quelques pas, indécis, puis il le rejoint en petites foulées.

- J't'écoute.

- Demain, un porte-containers en provenance de Colombie débarque au Havre avec à son bord une tonne de cocaïne. Cinquante bidons de vingt kilos. En fin d'après-midi, les douanes font une pseudo descente de routine. Sauf qu'ils ont le numéro de l'entrepôt et du container. En y allant discret, ils inquiètent personne et peuvent en serrer d'autres.
- Et pourquoi on y va pas avant ?
- J'ai le numéro de l'entrepôt mais pas celui du container.

Ils continuent de marcher côte à côte, Gabriel laissant le soin à Medhi de réfléchir à la proposition.
- ... Tu vois ça comment ?
- ... Est-ce que c'est faisable ?
- Franchement ... Une tonne de coke, c'est pas rien, c'est clair ! Mais demain, c'est short, mec, surtout quand t'as la douane sur le dos ! ... Si tu veux mon avis, c'est super tentant, mais c'est mort !
- Ouais je sais ... Mais putain Medhi, un coup comme ça, ça se représente pas tous les jours ! ... C'est clair, vu le temps, sans un minimum d'appui, c'est même pas la peine. Mais avec ce que mon gars m'a passé, on peut s'faire un plan béton, j'm'en charge ... Après, à toi d'voir si tu peux compter sur tes gars et ceux d'en haut.
- C'est qui ton gars ?
- Celui du go-fast, donc aucun souci de ce côté-là. En plus, là, on est vraiment sur son terrain, donc j'ai un max d'infos.
- Tu m'as pas répondu : tu vois ça comment ?
- Faut trouver un chauffeur poids lourd. Tu rancardes ton associé du Havre pour qu'il nous déblaye la sortie de la ville, du genre aucun

contrôle sur le camion. Avec les deux connards de l'autre fois, ça devrait pas être bien difficile. Nous, on monte demain, pas besoin d'être beaucoup. Il faut des gars ultra carrés qui pigent vite parce que j'ai pas l'temps de leur faire faire un stage d'entraînement! On prend les flingues du Brésil que vous avez gardés. Mais pas de munitions : c'est juste histoire d'impressionner. En face, ils seront cinq et ils auront que dalle. On se fout des cagoules, on les serre dès qu'ils ont fait leur saisie, on bâillonne et on s'casse. Terminé.

- T'y as vraiment pensé, hein ?
- Ouais.
- Et tu le sais depuis quand ?
- Cette nuit.

Medhi marque un temps de réflexion, il est un peu hésitant. Gabriel attend, prêt à répondre à ses interrogations, masquant au mieux une certaine fébrilité.

- Ça capte ici ?
- Jamais essayé.

Medhi sort son portable, en vérifie la réception.

- Bouge pas.

Il s'éloigne de quelques pas, compose un numéro ... Il entame une conversation inaudible pour Gabriel, qui ne le quitte pas des yeux. Il raccroche, revient vers lui.

- On l'fait pas.

Gabriel encaisse le plus naturellement possible.

- Ok ! ... Tu lui as bien dit qu'y avait une tonne et que c'est les costards-cravates qui viennent réceptionner ?
- Il a rien entendu là-dessus, ça lui plaît pas.
- Et c'est tout ?!

- C'est tout. Mais on suit le truc de près, ça peut toujours servir pour plus tard.

Gabriel lève les mains en signe d'acceptation, tout en faisant clairement sentir à Medhi qu'il est un peu déçu. Un temps. Medhi, un peu nerveux, recommence à montrer des signes d'impatience.

- On bouge? La nature, les arbres ...

Après une courte hésitation, Gabriel repart en sens inverse, suivi de près par Medhi. Ils marchent sans parler un moment puis le portable de Medhi sonne il décroche.

- (...) Ok. (...) Dans une heure.

Medhi raccroche. Gabriel l'interroge d'un mouvement de tête.

- T'as p't-être marqué un coup... Jarnelle et Dombrowski font un stage à la con je sais pas où mais ça l'fait trop chier d'laisser passer ça. Il voit c'qu'il peut faire et il rappelle dans une heure ... Si c'est bon, on suit ton plan.

Gabriel masque son profond soulagement par une petite moue de contentement.

- T'as un endroit où on peut attendre une heure tranquille ?
- Viens.

Medhi à sa suite, Gabriel quitte le petit sentier et s'enfonce dans le sous-bois, pour déboucher un peu plus loin au sommet d'une butte de terre en bord de lac. Ils s'arrêtent : Gabriel s'assoit et profite du calme ambiant. Debout, à quelques mètres, Medhi prend son mal en patience, son portable à la main.

Les minutes s'écoulent, lentement ... A part les soupirs réguliers et exaspérés de Medhi, rien ne vient perturber le silence de l'endroit.

Sonnerie : alors que Medhi décroche, affectant un calme olympien, Gabriel se lève, essayant de paraître le plus détaché possible.

- Ouais. (...) D'accord ! (...) Quoi ?! (...) Ok. (...) Ok. J'te rappelle.

Il raccroche.

- Là, t'as fait fort, mon pote !

Gabriel l'interroge d'un mouvement de tête, un peu tendu.

- Il a trouvé personne, du coup, c'est lui qui monte dessus. Il sera là à la saisie et après il assure le transport. Il a un gars au port qui nous fera entrer.

Triomphant, il attrape Gabriel par la nuque, le chahute un peu : Gabriel se laisse plus ou moins faire, soulagé, avant de repousser les assauts enthousiastes de Medhi.

- Ok. Ben maintenant, faut se bouger, parce qu'on a un max de taf, putain ! Déjà, faut trouver un chauffeur.

- C'est ton opération. Tu dis d'quoi t'as besoin.

Gabriel acquiesce avec un petit sourire. Ils s'éloignent rapidement : retour vers le parking.

41.

En fin d'après-midi, du côté de l'aire de stockage des containers du port du Havre, la journée de travail n'est pas terminée : dockers, fenwicks, grues, camions s'activent aux abords des cargos et achèvent de décharger, avec dispatch dans les zones appropriées. Bruits mécaniques, consignes hurlées et cris des mouettes s'entremêlent et s'évanouissent contre les parois métalliques des containers.

Le soleil est bas, légèrement cuivré, et les ombres s'allongent démesurément. Un léger vent souffle dans les travées, donnant à l'air ambiant une certaine sécheresse.

Un peu à l'écart, Gabriel, Medhi, Sami et un autre homme sont tassés contre les fauteuils de leur voiture. Ils sont silencieux, concentrés, tous leurs sens aux aguets, cagoules roulées en haut des fronts. Gabriel regarde sa montre et se tourne vers l'arrière, où se trouve un deuxième véhicule avec quatre hommes. Le chauffeur lui fait signe que tout va bien avant de se tourner à son tour vers l'arrière.

Les deux voitures stationnent le long d'un mur de containers haut d'une vingtaine de mètres. A leur suite, se trouve une cabine de semi-remorque avec deux hommes à l'intérieur.

Pendant ce temps-là, en plein centre-ville, une berline apparaît en haut de la rampe de sortie d'un parking public. Le gardien salue le conducteur avec une certaine déférence : le capitaine Fontana. La voiture s'insère souplement dans la circulation.

A l'entrée du port, un véhicule banalisé des douanes s'arrête devant la guérite d'entrée. Un passager, en costume, en sort, rejoint le gardien, et déplie un document à son attention : ils discutent un court instant. Le gardien indique une direction. L'homme reprend place dans le véhicule, qui démarre tandis que la barrière se soulève. Il entre dans l'enceinte du port.

Un peu plus loin, coincés entre deux rangées de containers, trois véhicules d'intervention sont à l'arrêt, moteurs éteints. Aucun bruit, aucun mouvement.

Sur le port, la voiture des douaniers roule à bonne allure le long des quais.

Dans la voiture de Medhi, l'atmosphère générale est un peu tendue. Celui-ci se tourne vers Gabriel.

- Qu'est-ce qu'ils foutent ?! ... C'est pas l'heure, là ?! T'es sûr qu'on est au bon endroit ?

Gabriel temporise d'un geste.

- C'est l'heure, on est au bon endroit, et ils vont sûrement pas tarder ... Il est où ton super flic?

- Mais j'en sais rien, moi ! Il fait c'qu'il a à faire ! On est entré, ou non ?! ... Me chauffe pas, putain !

Sami s'interpose.

- Oh c'est bon, là ! ... Vous voulez pas vous concentrer plutôt !

- Écoute ton petit frère.

- Putain ! Qu'est-ce que j'viens d'te dire ?! C'est pas le moment de me chauffer !

A travers le pare-brise, Gabriel remarque la voiture des douanes qui vient vers eux.

- Arrête de t'agiter ... Regarde ! Ils viennent tout droit vers nous.

Medhi constate, puis il se retourne vers Sami et lui fait signe de ne plus bouger. Sami répercute au véhicule de derrière.

La voiture banalisée remonte le long des entrepôts, sur encore quelques dizaines de mètres, et s'arrête devant la double-porte grande ouverte de l'un d'entre eux, empêchant toute entré et sortie d'un autre véhicule. Cinq hommes en costume sombre en sortent, regardent autour d'eux, et entrent dans l'entrepôt.

Medhi trépigne. Gabriel lui fait signe de rester calme.

- C'est bon ?! On y va ?!
- Deux secondes ... Il est où maintenant ? Le boss local !? On a besoin de lui pour ressortir.
- ... J'en sais rien !
- Tu peux pas l'appeler ?!
- Non.
- Putain Medhi ! Pourquoi ?! ... Pourquoi tu l'appelles pas ?!
- Parce que ! C'est comme ça ! C'est la règle ! ... En opération, on l'appelle pas sinon il s'barre, terminé !

Gabriel frappe le tableau de bord d'un geste rageur. Coup d'œil inquiet entre Medhi et Sami, qui pose une main amicale sur l'épaule de Gabriel.

- Laisse tomber, Gab ! Stresse pas ! Il a dit qu'il montait sur le coup, il va monter.
- Ouais ! ... Et tu crois qu'ils vont nous attendre à l'intérieur ?! ... Le temps que monsieur arrive !?

Dans l'entrepôt, les officiers des douanes surveillent des employés qui déchargent des cartons vides d'un container posé sur le plateau d'un semi-remorque.

Tandis que Gabriel scrute avec insistance le quai menant à l'entrepôt, Medhi ne tient plus en place.

- Faut y aller !

- Fais chier ! Fais chier !

- Il a raison, faut y aller ! On va se faire niquer sinon : on sait pas ce qu'ils vont faire après ... On a pas le choix.

Medhi souligne d'un geste l'évidence de l'intervention de son frère. Et pendant que Gabriel cogite à toute vitesse, il ouvre brusquement sa portière et sort. Gabriel est pris de court.

- Medhi ! Merde !

Immédiatement, les occupants des deux voitures imitent Medhi, qui leur fait aussitôt signe de rester silencieux. Seuls ceux de la cabine du camion restent en attente. Gabriel sort à son tour, fustigeant Medhi du regard. En retour, celui-ci lui fait comprendre qu'il se chargera de prendre les commandes si celui-ci ne le fait pas. En proie au doute et à la colère, Gabriel hésite encore quelques secondes puis, après avoir rapidement vérifié l'absence de toute activité suspecte, une main posée sur l'arme accrochée à sa ceinture, il entraîne la petite équipe à sa suite. Avec un maximum de précautions, ils parviennent à l'entrepôt et se mettent à couvert derrière la voiture des douaniers qui en bouche l'entrée.

Au beau milieu des cartons vides, les douaniers échangent des regards entendus alors que deux dockers sont occupés à ramener un lourd bidon cylindrique du fond du container.

A l'extérieur, Medhi, Gabriel, Sami et leurs hommes sont tassés derrière la voiture des douanes. Avec le plus de discrétion possible, Sami se dresse un peu pour scruter à l'intérieur. Gabriel, tendu, lui jette un regard noir. Sami observe quelques instants puis se baisse.

- Personne surveille : ils sont tous à l'intérieur !
- C'est un contrôle de routine, putain, ils sont pas censés déployer un escadron !
- Cinq mecs pour un contrôle ! ...
- Ben ouais, cinq mecs pour un contrôle !

Medhi leur intime l'ordre de se taire et indique à son frère de reprendre sa surveillance.
- Ils ouvrent un truc.

Medhi interroge Gabriel d'un mouvement de tête, en demande d'une confirmation.
- Qu'est-ce que tu veux que j'en sache ?!

A l'arrière du container, les douaniers observent avec une certaine fébrilité l'ouverture du fût, tandis que d'autres dockers en ramènent un second.
- Y en a encore plein comme celui-là !

Les officiers acquiescent et se tournent vers le docker en train de retirer le couvercle du bidon.
- Ecartez-vous, s'il vous plaît ... Merci.

Le docker obtempère, familier des procédures. Tous les hommes présents observent l'officier penché sur le bidon, un bras à l'intérieur : il en ressort un épais sachet de poudre blanche, qu'il montre à ses collègues. Réactions d'extrême satisfaction du côté des officiers sous le regard plus ou moins désabusé de la plupart des employés du port. Le second douanier présent sur la plate-forme extirpe un second sachet du bidon : deuxième salve de congratulations.
- Y en a facile une bonne vingtaine !

Le premier officier fait signe aux deux dockers qui attendent de rapprocher le deuxième bidon : ils s'exécutent.
- Couvercle, s'il vous plaît.

Derrière la voiture, les hommes commencent à montrer des signes d'impatience. Gabriel, concentré, est en proie à une profonde confusion : il regarde le dispositif de fortune à sa disposition, sans pouvoir prendre une décision. Medhi s'agite.

- On y va !

- Non, on y va pas ! Ton gars est pas là !

- Rien à foutre, je gère ! J'te dis qu'on y va, maintenant.

Medhi dégage son arme, baisse sa cagoule : les autres l'imitent, excepté Sami. Gabriel retient Medhi.

- Personne ne tire.

- T'inquiète.

Sami fait un signe au chauffeur du camion, qui met le contact, puis il abaisse sa cagoule. Medhi adresse un petit sourire en coin à Gabriel et se redresse d'un coup, son arme à bout de bras : il se rue dans l'entrepôt en hurlant, suivi de près par Sami et les autres. Gabriel se relève à son tour, observateur de l'assaut, débordé par une situation qu'il ne contrôle plus.

Pris par surprise, officiers et dockers se soumettent aux ordres braillés par Medhi et ses hommes, qui les mettent en joue.

L'entrepôt est sous tension.

Medhi ne tient pas en place, agitant nerveusement son arme.

- Personne l'ouvre ! Fermez vos gueules !

Sami et l'un de leurs hommes se rapprochent du container, menaçant les officiers présents sur la plate-forme.

- Descends ! Descends, bordel !

Ils s'exécutent, brutalement poussés par les deux hommes.

Instinctivement, Medhi jette un coup d'œil autour de lui, cherchant Gabriel du regard. Un douanier fait un pas en avant.

- Qu'est-ce que vous faites ?! C'est une opération des douanes ! Vous savez -
- Ta gueule !

L'homme de Medhi le plus proche de l'officier lui administre un grand coup de crosse au visage, l'envoyant à terre. Medhi rejoint Sami, penché sur le bidon et qui, à son tour, en retire un sachet : il le lève bien haut puis l'embrasse en riant. Les hommes de Medhi hurlent leur joie. Dans l'euphorie, certains d'entre eux lèvent leurs armes, canons vers le haut et pressent les gâchettes à plusieurs reprises : les percuteurs claquent sèchement dans le vide, aucun coup ne part.

Stupéfaction et compréhension des officiers, rapides échanges de regards, surpris par Medhi et Sami, qui font de même.

Protégé derrière la voiture, bras armé en appui sur le toit, Gabriel observe la scène : une lueur de panique lui traverse les yeux lorsque Sami se tourne vers lui.

Dans le même instant, deux des douaniers dégagent un revolver de leur cheville.

Tous se tiennent en joue, dans le plus grand désordre. Les officiers ont repris de l'assurance.
- Posez vos armes ! Tout de suite !

Medhi le toise d'un regard des plus agressifs.
- Va t'faire foutre ! Jamais j'le pose pour toi !
- Pose ton arme !

A l'extérieur, Gabriel cherche la meilleure option pour réagir : tout en écoutant les insultes échangées, il remarque une voiture de police qui patrouille à quelques entrepôts du leur. Son inquiétude s'accroît.

Dedans, les douaniers gagnent en assurance. Medhi le remarque et se fait de plus en plus violent dans les échanges.

- Vas-y, tu l'ouvres encore, j'te fume, ok ! Tu crois que j'vais pas tirer ?! C'est ça qu'tu crois ?! Parce que t'es un keuf ?!

- Pose ton arme ! ... On sait qu'les flingues sont pas chargés ! Dis à tes gars d'les poser et tout s'passera bien !

- Ah ouais, ils sont pas chargés ?! T'es sûr ?! Ben viens les chercher, alors ?! Qu'es't'attends, gros con ?! Viens !

Tous les hommes sont à cran : ceux de Medhi, crispés sur leurs armes, attendent les ordres ; les douaniers guettent le faux pas. L'officier le plus en avant adresse un petit signe de tête au second qui amorce un mouvement vers Medhi : celui-ci s'apprête à presser la gâchette de son arme.

L'officier tire en premier, l'atteignant à la jambe.

Medhi trébuche, tire à son tour : le coup part, en l'air.

Avancé jusqu'à l'entrée de l'entrepôt, Gabriel assiste au chaos ambiant : Medhi tirant dans le tas et les deux officiers armés ripostant. Les autres, hommes de main, douaniers et dockers, se mettent à couvert ou cherchent à s'enfuir.

Son pistolet bien en main, Gabriel attrape son portable et compose un numéro : au même moment, Sami et deux autres hommes sortent en courant de l'entrepôt, foncent vers la voiture qui en barre l'entrée, et en ouvrent les portières, se protégeant du mieux qu'ils peuvent. Sami aperçoit alors Gabriel et lui crie de les rejoindre. Gabriel a juste le temps de se protéger : il avise les deux hommes du camion qui quittent la cabine de leur poids lourd et prennent la fuite, à l'instant où la voiture de patrouille arrive droit sur eux en accélérant ...

A l'intérieur du hangar, c'est une véritable poudrière. Réfugié derrière l'imposante roue d'un camion semi-remorque, Medhi recharge son arme. Deux de ses hommes sont à terre, ainsi qu'un douanier, blessé. Les deux officiers armés s'appliquent à le garder dans leur ligne de mire. Les autres appellent des renforts.

Au même instant, la voiture de patrouille s'arrête à quelques dizaines de mètres de l'entrepôt et deux policiers armés en sortent, se mettant eux-mêmes à couvert derrière leurs portières, l'un d'eux transmettant des informations par radio.

Dans l'entrepôt, de nouveaux coups de feu sont échangés : les hommes hurlent, s'invectivent.

Derrière leur voiture, Sami affiche l'expression d'un profond dépassement, posant un regard effaré sur Gabriel.

- J'croyais qu'ils étaient pas armés !
- Et ton frangin !? Vous êtes trop cons !

Son contact décroche : il fait signe à Sami de se taire.

- Ouais ! (...) C'est l'enfer, putain ! Faut intervenir ! ... Faut qu'vous interveniez ! Maintenant ! (...) Quoi ? (...) Non ! (...) Non ! Il est pas là ! Il est pas venu !

Plus loin, isolé par des centaines de containers et inconscient de la bataille qui se livre dans l'entrepôt, le capitaine Perrot se tient près de l'un des véhicules d'intervention, entouré d'une poignée d'hommes en armes.

- Faites au mieux.

Il raccroche.

Abasourdi, Gabriel laisse échapper un geste rageur, avant de remarquer les trois paires d'yeux braquées sur lui. Sami, l'air atterré, le dévisage avec insistance. L'un de ses hommes de main le bouscule un peu.

- Sami, putain, c'est quoi, c'bordel ?!

La tension qui les unit est brusquement rompue par l'un des policiers en patrouille.

- Posez vos armes à terre !

Pour toute réponse : de nouveaux coups de feu dans l'entrepôt. L'échange dure.

Sami est toujours concentré sur Gabriel, qui s'efforce de garder les idées claires, afin de le toiser à son tour.

- On va t'sortir de là ! ... Ton frère, c'est mort, j'peux plus rien pour lui.

Sami reste sans voix, comme assommé. Son acolyte tente de ramper sous la voiture. L'autre gesticule, tout en continuant de se protéger.

- Qu'est-ce'tu nous fait, là ?! Oh Sami, c'est quoi ?!

Gabriel pivote alors vers lui et le met en joue.

- Ta gueule, putain !

Il regarde sur le côté : au loin, de nouvelles voitures de police arrivent. Il revient sur Sami.

- Tu cours jusqu'à la caisse, j'te couvre !

Sami ne réagit pas, incapable de détacher ses yeux de lui.

- Tu veux crever ici, Sami ? J'suis ta seule chance de t'en sortir !

Les échanges de voix à l'intérieur de l'entrepôt indiquent que les douaniers ont eu le dessus.

Dehors, les voitures de police se rapprochent.

- C'est maintenant ou c'est fini !

Sami détourne son regard vers l'entrepôt. Gabriel le ramène à lui.

- Maintenant !

L'homme de main s'accroche à Sami, qui s'en défait en lui envoyant un violent coup de coude dans la mâchoire, puis, fébrile, il s'élance vers leur voiture, de l'autre côté de la large travée. Gabriel s'élève au-dessus de sa portière de protection et tire avec méthode et précision sur le véhicule de police, prenant garde à ne toucher personne.

Réagissant aux coups de feu, Medhi, blessé, porte son attention sur l'extérieur, apercevant Gabriel qui couvre la fuite de Sami. Il bouge légèrement pour mieux appréhender la scène : une balle le frappe à l'épaule. Il se retourne par réflexe, balayant l'air de son bras armé : une deuxième balle l'atteint à la poitrine, interrompant brusquement son mouvement.

Sami atteint la voiture.

Gabriel se dégage de sa protection : il aperçoit le corps de Medhi, recharge promptement son arme et arrose le véhicule de police tout en rejoignant Sami, qui est monté côté conducteur. Il le pousse sur le siège d'à côté et démarre aussitôt, dégageant rapidement le véhicule de sa place en marche arrière.

Les autres véhicules de police se rapprochent à grande vitesse.

Gabriel rétablit brutalement la voiture en marche avant, tourne dans la foulée et s'engage dans une allée bordée de containers.

Alors qu'il met rapidement le plus de distance possible entre eux et les policiers, Gabriel passe à toute vitesse à côté des véhicules d'intervention, sous les yeux inquiets du capitaine Perrot. Apercevant les voitures à leur suite, il donne des ordres : les véhicules d'interventions sont immédiatement déplacés en travers de la route, contraignant les policiers à l'arrêt.

A travers les rétroviseurs, Gabriel constate les effets de l'action de son supérieur et se détend très légèrement. A ses côtés, Sami regarde droit devant lui sans rien accrocher.

Le véhicule traverse rapidement une aire de stationnement de poids lourds et se dirige droit sur le grillage d'enceinte. Butant sur le trottoir, Gabriel accélère sur les derniers mètres et enfonce la grille, effectuant un rétablissement chaotique du véhicule, puis s'éloignant à vive allure.

Derrière eux, loin maintenant, le capitaine Perrot s'entretient avec des officiers de police, temporisant les élans et expliquant le pourquoi de ses ordres.

Du côté de l'entrepôt, et épaulés par les policiers, les officiers des douanes regroupent les hommes de Medhi, menottés, et s'affairent autour des corps.

Les dockers sont rassemblés à l'extérieur de l'entrepôt.

A plusieurs kilomètres de là, dans le centre-ville du Havre, un gigantesque embouteillage contraint les automobilistes à avancer mètre par mètre. Et la puissante berline du capitaine Fontana doit obéir au même immobilisme que les véhicules qui l'entourent.

42.

Dans la Cité, tout est calme. Presque tous les volets sont baissés. De très rares petits groupes, épars, fument aux pieds des immeubles. La voiture de Medhi longe le trottoir en ralentissant et finit par s'arrêter, moteur tournant.

Gabriel éteint la radio. Ses traits sont tirés, il est épuisé. A côté de lui, Sami semble plongé dans un état catatonique.

- ... J'en ai pour cinq minutes, dix max. Jure-moi que tu bouges pas de la caisse.

Sami reste immobile.

- Sami, oh ! Faut qu'tu m'aides, là !

Sami ne réagit pas.

- J'vais pas pouvoir te sortir de là sans toi, ok ?!

Sami esquisse un bref sourire.

- ... J'suis mort, Gab ! Laisse tomber ...

- Non, t'es pas mort, j'peux t'assurer qu'tes pas mort, t'es bien vivant et on va faire en sorte que ça continue.

- ... Bachir ... J'suis baisé, putain ...

- T'es rien du tout ! Ecoute-moi ! ... Ecoute-moi, bordel !

Sami tourne la tête vers Gabriel, le regard perdu.

- On a un tout petit peu d'avance sur tout le monde. Tu m'attends, je dois passer prendre quelqu'un ... Après on se planque pour la nuit et demain, c'est fini. Ok ?!

- Ça t'plaît vraiment, hein ? T'aimes ça ! ...

- Quoi ?!

- Putain, t'es vraiment qu'un enculé d'keuf de merde !

- Ouais, si tu veux ... Tu m'attends, ok ?!

Sami acquiesce mollement. Gabriel le regarde encore, tente de s'assurer qu'il sera obéit, coupe le contact, prend la clef, sort rapidement de la voiture et s'engouffre dans l'immeuble qui lui fait face.

Quelques étages plus hauts, pratiquement collé à une porte, il presse la sonnette avec insistance. Des bruits de pas qui se rapprochent, un temps.

- Ouvre.

Un petit temps de latence : la porte finit par s'ouvrir sur Hasna, vêtue d'une djellaba, mal réveillée.

- Fais-toi un sac vite fait, juste le nécessaire pour quelques jours.

- Quoi ?!

- Je t'expliquerai après, mais faut que je te mette à l'abri.

Hasna prend quelques instants de réflexion.

- Ton père est là?

Elle acquiesce.

- Trouve un truc pour qu'il s'inquiète pas trop. On s'occupera de lui après. Fais ton sac et on se casse. Je t'attends là. T'as dix minutes.

Échange de regards: Hasna hésite mais, malgré la fatigue, le visage de Gabriel exprime une profonde détermination. Elle rentre dans l'appartement, laissant la porte légèrement entre-ouverte derrière elle. Resté seul sur le palier, Gabriel est secoué de brusques tics nerveux, trahissant la tension qui l'anime.

C'est à pas rapides qu'ils rejoignent la voiture : Hasna monte à l'arrière tandis que Gabriel prend place au volant et démarre dans la foulée.

Exténué, il se concentre sur la route. Sami se retourne : Hasna et lui se dévisagent un petit moment. Entre la fatigue et la dureté, aucune animosité ne transparaît.

Après avoir traversé plusieurs communes, à l'affût du moindre signe d'une filature, Gabriel finit par se garer, à quelques mètres de chez lui. Il fait signe à Sami et Hasna de ne pas bouger, et sort.

Il se rapproche lentement de son domicile, vérifiant les alentours : tout est fermé, le lieu semble inhabité. Il jette encore un coup d'œil puis repart vers la voiture. Là, en leur imposant le silence, il les fait sortir, et leur indique de le suivre, promenant un regard inquiet tout autour d'eux.

Arrivé à sa porte, il l'ouvre et leur cède le passage. Après une dernière surveillance, il referme à clef et les entraîne à l'intérieur.

43.

Au petit matin, alors que quelques particules de poussières dansent dans les premiers rayons d'un soleil blafard, alors que la maison semble vide de toute forme d'occupant, une clef s'agite dans la serrure, et la porte d'entrée s'ouvre.

Assis par terre, adossé au mur, Gabriel se réveille brusquement et pointe maladroitement son arme vers la porte, qui finit de s'ouvrir. Aurore écarquille les yeux en le découvrant.

- Papa !

D'abord déconcerté, Gabriel reprend ses esprits et constate la présence de sa fille, qu'Alice est en train de rabattre derrière elle. Il remet vivement son arme derrière ses reins et se lève.

- Excuse-moi, ma puce. Aurore ! ... Alice ... Excuse-moi.

Alice le regarde avec sévérité : il répond à son accusation par un trouble profond. Elle indique la porte à Aurore.

- Va dans la voiture ma chérie. Je discute avec papa et j'arrive tout de suite.

Cachée derrière sa mère, Aurore pose un regard hésitant sur Gabriel, affecté au plus haut point, puis, doucement poussée par Alice, elle obtempère et court dehors.

Gabriel regarde Alice sans parvenir à formuler le moindre mot.

- C'est pas la grande forme, hein ?
- ... C'est compliqué, Alice.
- Je m'en doute.
- Je ne peux pas te raconter.
- ... Un autre jour, alors.
- Peut-être ...

Alice, fragile, parcourt la pièce du regard et revient sur Gabriel.

- Je suis désolé.
- Je sais ...

Ils s'effleurent du regard, communiquent en silence. Sur le point de faire demi-tour, Alice marque un temps.

- ... Tu veux l'embrasser ?
- J'aimerai bien, oui.

Elle acquiesce : il la remercie d'un petit mouvement de tête et l'accompagne dehors, en refermant derrière eux.

Plus tard dans la matinée, la voiture pile brusquement devant un bâtiment marquant l'angle de deux rues, à la façade mi-pierre mi-brique en travaux : le Palais de la Femme. Gabriel en sort et ouvre une portière : Hasna sort. Sami s'en extirpe à son tour.

- Tu bouges pas. J'reviens tout de suite.

Sans même attendre de réponse, il entraîne Hasna vers la porte d'entrée.

A l'intérieur, des bruits de conversations, de douches, de vie, proviennent d'un peu partout. Gabriel traîne derrière lui Hasna, qui découvre l'endroit dans un mélange d'inquiétude et d'étonnement : couloirs aux murs blancs, carrelage au sol, enfilade de portes, panneaux informatifs. Ils s'arrêtent devant une porte ouverte donnant sur un petit bureau sans fenêtre, éclairé au néon, dans lequel se trouve une femme à la quarantaine un peu fatigué, et au regard généreux : Betty.

- 'jour Gabriel. J't'attendais plus.

Il lui adresse un petit signe entendu. Elle s'approche pour l'embrasser.

- C'est toujours ok ?
- Bien sûr.

Elle décale Gabriel un peu sur le côté, découvrant ainsi Hasna, qui se fait des plus discrètes.

- Bonjour. Moi, c'est Betty. Hasna, c'est ça ?

La jeune fille acquiesce, légèrement sur la défensive.

- J'suis désolé Betty, mais faut que je me casse tout de suite.
- Ok.

Betty rejoint son bureau, ouvre un tiroir et en sort un trousseau de clefs qu'elle tend à Gabriel. Hasna observe en silence.

- Le monospace bleu, tout de suite à gauche en sortant.
- Merci.

Gabriel plonge une main dans une poche et en ressort ses clefs de voitures, qu'il lui donne.

- Elle est en double file, juste devant.
- T'inquiète pas. Je sais quoi en faire ...
- J'm'inquiète pas. Merci !

Il pose un regard doux sur Hasna, incapable de dissimuler son embarras.

- Salut Hasna ... A la prochaine.

Elle acquiesce. Il salue Betty, qui fait de même, et sort du bureau.

Dehors, Gabriel retrouve un Sami fébrile, visiblement soulagé de le voir réapparaître et qui s'apprête à remonter en voiture. Mais il est stoppé dans son élan par Gabriel, qui extirpe deux sacs de sport du coffre et lui en tend un, avant de lui indiquer le monospace garé quelques mètres plus loin. Sami obtempère immédiatement. Ils montent dedans. Gabriel démarre. Ils s'éloignent.

En se frayant un chemin à travers la circulation déjà dense, le véhicule approche d'une sortie de la ville. Un panneau indique l'autoroute du Sud : Gabriel change de voie et en prend la direction.

Vingt-quatre heures plus tard, il se tient debout sur le chemin du mur d'enceinte du port autonome de Marseille, face à la mer, un peu bousculé par les bourrasques de vent. Il semble à bout de force.

Loin devant lui, un Ferry s'éloigne.

44.

Quelques semaines ont passé.

Gabriel (les traits creusés, barbu) arpente sa cuisine pendant qu'une imprimante déverse quantité de feuilles. La pièce ressemble à un campement de fortune : aliments divers, cartons de cybermarchés, cendriers, ordinateur portable et piles d'enveloppes kraft se disputent l'espace.

Il récupère les feuilles, les met en ordre, agrafe et glisse le tout dans une enveloppe. Il lance une nouvelle impression.

Le lendemain, en ville, à l'heure du déjeuner : la circulation est dense, du monde se presse aux portes des restaurants et autres brasseries.

Garé à quelques mètres d'un carrefour, Gabriel est assis au volant d'une voiture de location : il regarde droit devant lui, concentré sur la brasserie qui lui fait face. Il semble un peu désemparé. Revenant sur la vie qui se déroule à l'extérieur, il se reprend et souffle avec force comme pour se donner de l'énergie et retrouver de la contenance, de la détermination.

La porte de la brasserie s'ouvre : un petit groupe d'hommes en sort, en pleine conversation. Ils allument des cigarettes. Parmi eux : le capitaine Perrot. Un frisson parcourt Gabriel. Il prend son portable, compose un numéro, attend quelques courtes secondes.

- (...) J'y vais. A vous de jouer. (...)

Il raccroche, sort de la voiture dans la foulée, avise Perrot, qui marche lentement en discutant, et se dirige droit sur lui.

D'une ruelle adjacente, une petite cohorte de journalistes (caméras, micros, appareils photo) prend la suite de Gabriel, qui ne s'en soucie pas, pas plus que de la fourgonnette devant laquelle il s'arrête pour laisser passer des véhicules afin de traverser.

A l'intérieur, Jarnelle et Dombrowski abaissent leur cagoule, assurent leur prise sur leurs pistolets et ouvrent doucement leurs portières.

Dans un même instant : Gabriel traverse le carrefour en direction de Perrot, les journalistes dans son sillage, bruyants, attirant l'attention du capitaine, qui les découvre, étonné, et passe sur Gabriel, plus déterminé que jamais, alors même que ce-dernier, alerté par les cris des passants, remarque les deux hommes cagoulés et armés qui viennent sur lui.

L'air résolu, Gabriel porte une main vers ses reins et la referme sur la crosse qui dépasse.

Chères lectrices, chers lecteurs, merci pour votre temps accordé à ce livre : c'est par votre lecture qu'il existe in fine, et parce que nous sommes tous différents, chacun d'entre vous l'a apprécié (j'espère) à sa façon, avec sa personnalité propre, sa culture personnelle. Il y a l'histoire que l'on écrit, et celles qui sont lues à travers elle : autant d'émotions que de lecteurs. C'est extraordinaire : votre expérience est unique.

Merci, aussi, pour votre curiosité : aller vers un auteur dont on ne connaît rien n'est pas toujours des plus évidents, mais c'est grâce à ce geste, à ce généreux mouvement vers autrui que notre travail - et le choix de l'auto-édition - prend tout son sens.

Si ce récit vous a plu, n'hésitez surtout pas à en parler autour de vous, à l'offrir, à diffuser – largement, évidemment ! – le site/blog qui lui est consacré (http://jephag.wix.com/la-toile-d-araignee) et, surtout, à laisser un commentaire sur la page Amazon où vous-même l'avez trouvé : votre rôle à cet instant précis est primordial ; vous êtes nos meilleurs ambassadeurs. Vous êtes indispensables.

Bons vents à toutes et tous. A bientôt de vous retrouver.

Merci.
Gassho.